青春之光

名人卷

MINGREN JUAN

所有绝境都必藏生路

一路开花／编

煤炭工业出版社

·北　京·

图书在版编目（CIP）数据

所有绝境都必藏生路：名人卷／一路开花编．-- 北京：煤炭工业出版社，2018

（青春之光）

ISBN 978-7-5020-6653-6

Ⅰ．①所…　Ⅱ．①一…　Ⅲ．①散文集—中国—当代 Ⅳ．①I267

中国版本图书馆 CIP 数据核字（2018）第 099068 号

所有绝境都必藏生路——名人卷（青春之光）

编　　者　一路开花
责任编辑　刘少辉
封面设计　宋双成

出版发行　煤炭工业出版社（北京市朝阳区芍药居 35 号　100029）
电　　话　010-84657898（总编室）
　　　　　　010-64018321（发行部）　010-84657880（读者服务部）
电子信箱　cciph612@126.com
网　　址　www.cciph.com.cn
印　　刷　北京欣睿虹彩印刷有限公司
经　　销　全国新华书店

开　　本　880mm×1230mm 1/32　**印张**　9　**字数**　240 千字
版　　次　2018 年 6 月第 1 版　2018 年 6 月第 1 次印刷
社内编号　20180311　　**定价**　36.00 元

CONTENTS 目録

第一辑

球王的荒凉往事

这是一个真实的故事，我没有添加任何煽情的成分。我不追星，对足球也说不上爱与不爱。但是，在这个辽阔深沉的夜里，这位名叫梅西的年轻人，却以他特有的人生经历，将我感动得一塌糊涂。很多时候，英雄与侏儒仅仅一步之遥。你迎上去，挺了过来，你就是英雄；你灰心了，后退一步，你就会沦为万劫不复的“侏儒”！

第二辑

华盛顿的5枚银币

5个银币或许能解一个人的燃眉之急，而一句“一定要记住，你是谁”则能让人受用终生，因为它唤醒了一个人生存的道德底线。当我们面临诱惑或选择的时候，不妨问一问自己：“你是谁？”

第三辑

总统的守身如玉

倘若女人为情守寡一世，可谓守身如玉，那么，他这悲凉的一生，又何尝不是？这位痴情六十年的男子，乃是美国的第15届总统詹姆斯·布坎南。而这位让他魂牵至死，并让其走到政坛顶峰的女子，名叫安尼·科尔曼。

第四辑

首富的谦逊

一个人，不管他拥有多少财富，也不管他为大家付出多少，只要他的内心始终坚持“我为大家做得还很不够”，那么，不管他走到哪里，都将会是一位成功的人，都将会是一位受大众欢迎的人！

第五辑

巴金的真

正是由于巴金在文学新时期的勇往直前，义无反顾地为真实的作品鸣锣开道，才为敢于说真话的作家复出中国文坛起到保驾护航的作用。言行一致说得容易，做起来难，这也是巴金成为“当代世界伟大的作家之一”的先决条件。

第六辑

梁实秋的“钉子精神”

梁实秋的成功，得益于他对这一工作的执著精神，得益于他一心一意地投入，更得益于他那种肯吃苦钻研的“钉子精神”，从而获得学术大师的美誉。其实，做任何事情，都需要投入。要想成就大事，更要锲而不舍地投入。

第一辑

球王的荒凉往事

这是一个真实的故事，我没有添加任何煽情的成分。我不追星，对足球也说不上爱与不爱。但是，在这个辽阔深沉的夜里，这位名叫梅西的年轻人，却以他特有的人生经历，将我感动得一塌糊涂。很多时候，英雄与侏儒仅仅一步之遥。你迎上去，挺了过来，你就是英雄；你灰心了，后退一步，你就会沦为万劫不复的“侏儒”！

习惯于失去

文/周国平

有时候失去不是忧伤，而是一种美丽。

——村上春树

出门时发现，搁在楼道里的那辆新自行车不翼而飞了，两年之中，这已是第三辆。我一面为世风摇头，一面又感到内心比前两次失窃时要平静得多。

莫非是习惯了？

也许是。近年来，我的生活中接连遭到惨重的失去，相比之下，丢辆自行车真是不足挂齿。生活的劫难似乎使我悟出了一个道理：人生在世，必须习惯于失去。

一般来说，人的天性是习惯于得到，而不是习惯于失去。呱呱坠地，我们首先得到了生命。自此以后，我们不断地得到——从父母那里得到衣食、玩具、爱和抚育，从社会上得到职业的训练和文化的培养。

长大成人以后，我们靠着自然的倾向和自己的努力继续得到——得到爱情、配偶和孩子，得到金钱、财产、名誉、地位，得到事业的成功和社会的承认，如此等等。

当然，有得必有失，我们在得到的过程中也确实不同程度地经历了失去。但是，我们比较容易把得到看作是应该的、正常的，把失去却看作是不应该的、不正常的。所以，每有失去，仍不免感到委屈，所失愈多愈大，就愈委屈。

我们暗暗下决心要重新获得，以补偿所失。在我们心中的蓝图上，人生之路仿佛是由一系列的获得勾画出来的，而失去则是必须涂抹掉的笔误。总之，不管失去是一种多么频繁的现象，我们对它反正不习惯。

道理本来很简单：失去当然也是人生的正常现象。整个人生其实就是一个不断地得而复失的过程，就其最终结果看，失去反比得到更为本质。我们迟早要失去人生最宝贵的赠礼——生命，随之也就失去了在人生过程中得到的一切。

有些失去看似偶然，例如天灾人祸造成的意外损失，但也是无所不包的人生课题中应有之义。“人有旦夕祸福”，既然生而为人，就得有承受旦夕祸福的精神准备和勇气。至于在社会上的挫折和失利，更是人生在世的寻常遭际罢了。

由此可见，不习惯于失去，至少表明对人生尚欠觉悟。一个只求得到不肯失去的人，表面上似乎富于进取心，实际上是很脆弱的，很容易在遭到重大失去之后一蹶不振。

为了习惯于失去，有时不妨主动地失去。东西方宗教都有布施一说，照我的理解，布施的本义是教人去除贪鄙之心，由不执著于财物，进而不执著于一切身外之物，乃至于这尘世的生命。如此才可明白，佛教何以把布施列为“六度”之首，即从迷惑的此岸渡向觉悟的彼岸的第一座桥梁。

俗众借布施积善图报，寺庙靠布施敛财致富，实在是小和尚念歪了老祖宗的经。我始终把佛教看作古今中外最透彻的人生哲学，对它后来不伦不类的演变深不以为然。佛教主张“无我”，既然“我”不存在，也就不存在“我的”这说法了。无物属于自己，连自己也不属于自己，何况财物？明乎此理，人还会有什么得失之患呢？

当然，佛教毕竟是一种太悲观的哲学，不宜提倡。只是对于入世太深的人，它倒是一帖必要的清醒剂。我们在社会上尽可以积极进取，但是，内心深处一定要为自己保留一份超脱。有了这一份超脱，我们就能更加从容地品尝人生的各种滋味，其中也包括失去的滋味。

由丢车引发这么多议论，可见还不是太不在乎。如果有人嘲笑我阿 Q 精神，我乐意承认。试想，对于人生中种种不可避免的失去，小至破财，大至死亡，没有一点阿 Q 精神行吗？

由社会的眼光看，盗窃是一种不义，我们理应与之做力所能及的斗争，而不该摆出一副哲人的姿态容忍姑息。可是，倘若社会上有更多的人领悟这人生根本道理，世风是否会好一些呢？那么，这也许正是我对不义所做的一种力所能及的斗争罢。

已经拥有的不要放弃；已经得到的更加珍惜；属于自己的不要放弃；已经失去的留作回忆。如果伤了才明白坚强，那么累了就把心靠岸吧。

"莫言"之智

文/纳兰泽芸

海纳百川有容乃大，山高万仞无欲则刚。

——林则徐

2012年10月，莫言获诺贝尔文学奖。这项代表最高文学成就的殊荣，长期以来都是全体中国人心中的一桩憾事，纵然是鲁迅、老舍、巴金、沈从文、林语堂这些顶级文学大师都与之擦肩而过。

获得文学诺贝尔奖，该是何等之幸！然而，作为首位获得此项顶级殊荣的中国作家莫言，却在获奖之后淡定得令人意外——他只是谦虚地寥寥数语："拿到奖感到惊讶，因为觉得自己资历非常浅，现在有很多优秀作家，我排得相对靠后。我觉得没什么可庆祝的，我是山东人，喜欢吃饺子，会与家人包顿饺子。"

莫言获奖之后，有关他的评论很多，好评有，恶评也不少，但莫言的反应却是寥寥数语，不卑不亢，正对应了他的笔名"莫言"——话说多了惹麻烦。

莫言原名管谟业，后来走上写作道路就改笔名为"莫言"。之所以以"莫言"为笔名，是他曾经屡次因自己的多言而给父母惹下麻烦，从此他便告诫自己多做实事，少说虚话。

莫言的童年是与牛为伴的孤独童年，他的家乡山东高密东北乡处于三县交界的地方，穷困闭塞。莫言小学未读完即辍学，他每天要到村外的大洼地里放牛，那片一望无际的洼地里，野草野花繁茂，在广袤的草场上，小小的莫言只能与几头牛相伴。

他仰面躺在草地上，望着天上的白云悠悠流转，小鸟啁啾而过，没有人理他，没有人同他说话。寂寞的长日里，他的心里积郁着奔涌的情感，他只好自己跟自己说话，而且这样的自言自语往往出口成章，合辙押韵。

后来长大一些，在集体劳动时，他放牛时养成的喜欢说话的毛病常常让他一不小心就得罪人惹麻烦，母亲痛苦地劝告他："孩子，你能不能不说话？"后来他开始作家生涯，就改笔名为"莫言"警示自己少说话，多做事。随着年龄的增长，他的话也越来越少。

他绝不主动去骂别人，对于别人把自己当箭靶子骂的时候也是不愠不恼，由着他去。他觉得这样很好，减少了许多无谓的纷争与口舌，从而让自己有更多的时间和精力来投入到创作之中。对于他的小说被改编为著名电影以及其他形式的作品，他的反应也是淡淡的，别人问他为何如此淡定？他说小说像是他的女儿，而电影就是女儿的女儿，是外孙女，他管不了那么宽了。剧本改得好与差，那是改编者的本事，与他已无关。

这不禁令人想起一个故事，一位禅师在路上遇到一个无赖，那无赖一路对禅师极尽谩骂之能事，禅师一路双目微闭，面带微笑，无赖骂至力气尽失，所骂的每句话如同打在软绵绵的棉花包上。他忍不住问禅师："我骂你，你怎么还笑？"禅师这才慢悠悠地说："如果有人送你一份礼物，你拒绝收下，那么这个礼物最后归谁呢？""当然还是归送礼的人啊。"

"我拒绝收下你的礼物，你自己好好享用吧。"

真正的反击力量并不来自于目眦欲裂的剑拔弩张，而是来自于内心深处对自身精神的锤炼和对对手内心的反击。正如寒山与拾得二位高僧的对答：

寒山:"世间有人谤我、欺我、辱我、笑我、轻我、贱我、恶我、骗我，如何处置乎?"

拾得："忍他、让他、避他、由他、耐他、敬他、不要理他，再过几年你且看他。"

"凡不可言说者，必保持沉默。"这是哲学家维特根斯坦的思想。这里的"凡不可言说者"，当指有悖人心、有悖良知的东西，所以，最好的方法是，选择沉默。

无独有偶，作家贾平凹也曾说一位高僧传授给他的八个大字的成功秘诀，那就是："心系一处，守口如瓶。"

贾平凹因为不会说普通话，一口浓重的陕西口音，外人很难懂，所以在很多人稠的场合，他基本都是静静地听，静静地点头、微笑。他曾经为此自卑过、丧气过，但自从听了高僧的点拨之后，他豁然开朗，出门能不讲话则不讲话，甚至他出门经常拎一个印有"聋哑学校"字样的提包，他感觉心境非常平和，非常自在。

他说，流言凭嘴，留言靠笔，他不会去流言，但是流言袭来时，他保持沉默，以静制动，无往不利。

鲁迅也曾经说过，于无声处听惊雷。

也许，适时的无声，是一种人生的大智慧。

《世说新语》说："吉人之辞寡，躁人之辞多。"这种"辞寡"并不代表精神贫乏，而是一种临水而思的静观默察，是来自于内心深处的黄钟大吕，于无声处听惊雷。

载于《疯狂阅读》

沉默是种智慧，更是处世哲学。“言多必失”的道理谁都懂，可是管住自己嘴巴的人却少之又少。不如让我们适时地沉默，做一个有深度的人吧！

李宗吾怎样读书

文/小　草

读书忌死读，死读钻牛角。

——叶圣陶

清末民初，有一奇人，冒天下之大不韪，发前人之未发，创立厚黑学，高声宣扬一部廿四史中的英雄豪杰，其成功秘诀，不过是面厚心黑而已，还引历史事实为证。

其言论一经公开发表后，一时间舆论哗然，备受争议。可是，耐人寻味的是，只能做不能说的厚黑学，竟然一版再版，至今仍畅销不衰。那么，这位神秘奇人是谁呢？想必大家已经知道，他就是名扬天下的李宗吾。

李宗吾生于满清光绪五年一个普通的农家，早年进成都高等学堂习数理，曾加入同盟会。民国初年，出任省审计院科长，官产清理处处长，后任富顺县中及绵阳省中校长，省督学和四川大学教授。他原名叫世全，又改为世铨，入学后就改为世楷，字宗儒，意在宗法儒教，信从孔子。

后来他发现儒教痼疾过多，遂改名为宗吾，表示与其宗法孔子，不如宗法自己。除《厚黑学》外，他还出版了《社会问题之商榷》《制宪与抗日》《中国学术之趋势》等十余部著作，可谓著作颇丰，影响甚广。在这里我们暂且不谈《厚黑学》及他的传奇人生，单说李宗吾怎样读书，或许我们从中可以得到某些启发。

李宗吾说他自己是个“懒人”，不好读书，其实，这是他的自谦之辞。试想，作为大学教授，又是学者的李宗吾，倘若不读书，那些渊博的知识从何而来？只不过他反对不得要领地多读书，读死书罢了。

他举例说：熟读兵书者莫如赵括，长平之役一败涂地；读书最多者如刘歆，辅佐王莽，以周礼治天下，闹得天怒人怨；注《昭明文选》的李善，号称书麓，而作出的文章就不通。

他还打个比方，大意是说，书这个东西，等于食物一般。食疗饥，但吃多了不消化，会生病；书读多了不消化，也会作怪，越读得多，其人越愚，古今所谓书呆子是也。

李宗吾读书有个特点，无论什么书，抓着就看，先把序看了，然后只看首几页，或从末尾倒起看，或随意在中间乱翻来看，或跳几页看，略知书中大意就可。如认为有趣的几句，他就细细地反复咀嚼，于是一而二，二而三，就思到别的地方去了。

从上述中我们发现，李宗吾很会读书。他并非像有些人那样埋头苦读、多多益善，而是随手翻翻、只观大略、学思结合、举一反三。

李宗吾说他读书的秘诀是“跑马观花”。有人曾问他：“你读书既是跑马观花，何以这《厚黑丛话》中，有时会把书缝里的细微事，说得津津有味？”李宗吾回答：“说了奇怪，这些细微事，一接目即刺眼。我骑马飞跑时，曾见一朵鲜艳之花，即下马细细赏玩。有时觉得豆子大的花儿，反比斗大的牡丹更有趣味，所以书缝细微事，也会跳入《厚黑丛话》中。”

我们知道，中国的书浩如烟海，而一个人的精力又是有限的，即便是“跑马观花”，穷尽一生也看不完。但这种读书方式与“下马观花”或是“走马观花”相比较，“跑马观花”的可取之处在于，可以在短时间内获得所需要的大量的信息。

“跑马”的目的是为了“观花”，这就是说，在读书的过程中并非“一跑而过”、毫不留心，倘若遇到“刺眼之物”(即重要的、有用或有趣的信息)，就要“下马”看个究竟，“细细赏玩”，然后把它铭记在心，以期学以致用。

载于《演讲与口才》

读书不是照单全收，不是囊括全部，读书就像是一次从沙子里面挑选珍珠的过程，留下对自己有用的东西，拿来为自己服务。

300 页以后的故事

文/顺　江

人生在勤，不索何获？

——张衡

他出生在纽约，一家人住在布鲁克林的林登小区，那里是纽约最糟糕的廉租房区，是人们眼中的贫民窟。他的父亲是邮件分拣员，母亲是一家防盗警报公司的接待员，全家人的日子过得紧巴巴的。

作为长子，他 7 岁开始帮父母做家务，并照顾弟弟妹妹，13 岁时，他开始想办法赚钱。那年，纽约举办全美篮球赛，他到现场卖苏打饮料。虽然每杯饮料只能赚 75 美分，且又累又热，但他还是坚持了下来。

他为自己定下的目标是一定要走出布鲁克林。16 岁时，他参加了大学入学考试，并成功申请到哈佛的奖学金。初入哈佛，强手如林，他曾彷徨过，但他很快告诫自己：想成功，唯有苦读、努力。

8 年后，哈佛法学博士毕业的他成为纽约一家律师事务所的税务律师。他给老板的印象是有胆识、有魄力、有智慧，然而，他对这份工作并不是十分喜欢。没多久，他就染上了赌博的恶习，并且沉醉其中不能自拔，曾经的锐气荡然无存。很快，他得到了律师事务所的一纸解聘书。周围的人也对他抛去了冷眼，他觉得前景一片渺茫……

一天，父亲拿出一本书，对他说：“孩子，这是一本传记，你看看前50页的内容吧。”不到一个小时，他就看完了这50页。然后父亲又让他翻到300页看下，此时，父亲问他：“书中的人物在自己生命的初期，也就是前50页所描写的内容里，能知道300页以后的故事吗？他当时会知道此书描写到300页的时候他会取得成功吗？以后的路谁都无法预测，要不断地使自己往正确的方向走，不要让一时的妥协成为一生妥协的借口。”父亲的话如同醍醐灌顶，让他幡然醒悟。

振作起来的他最终进入一家名为J. Aron的大宗商品交易公司做销售员，负责应对精明的交易者。很快，他就晋升为金牌销售员，这时，发现自己兴趣和专长的他意气风发。

后来，J. Aron被高盛并购，他成了高盛的员工，并且在J. Aron公司并入高盛后的业务调整中起到了不容忽视的作用。他掌管的高盛支柱部门——固定收益商品部创造了高达1270万美元的收益。凭着一连串赫赫战绩，他在2003年12月成为高盛总裁兼首席运营官。2006年，他走上高盛集团的最高位置，他就是被誉为“华尔街最聪明的CEO”的劳尔德·贝兰克梵。

每个人都会遇到人生的低谷，在困境面前难免会有一时的摇摆和一丝的妥协。但是，困难是暂时的，妥协也是一时的，人生的精彩也许就在你传记的300页以后。只有将妥协踩在脚下，转向正确的道路，一步一个脚印，才会走出自己精彩纷呈的未来。

载于《意林少年版》

是啊，谁都不能知道以后的路，更不会知道未来的自己是什么样子的。唯有努力，唯有不断超越自己，我们才会遇到那个最好的自己！

让信念升值

文/雨　街

人生应该如蜡烛一样，从顶燃到底，一直都是光明的。

——萧楚女

信念本身并不值钱，它有时甚至是一个善意的欺骗。不过，一旦你坚持下去，它就会迅速升值。

让信念升值，首先是要为自己升起信念的旗帜，让自己拥有前行的目标和方向。

德国著名诗人海涅年幼时并不是一名好学生，他的作文从来都是被老师讥笑的话题，这一度使他丧失了信心。一到语文课，他不是旷课就是和同学打闹，甚至搞一些恶作剧。有几次学校几乎要开除他，直到升入中学后，这种状况才有了转变。

尽管他仍写不好作文，但老师从他那跨越时空的大胆想象中，仿佛看到了一棵诗人的苗子。从此后，老师再也没有强迫他写过一篇作文，并鼓励他说："就这样写下去，你一定能成为像歌德一样伟大的诗人。"

"我能成为像歌德一样的伟大诗人？"老师的话让海涅感到无比震惊。尽管他当时连歌德是个什么样的人都不知道，但他知道"伟大"是一个很了不起的词，因为他父亲在说起"伟大"一词时，说的都是德国历史上那些名垂青史的英雄人物。

“能，一定能!”老师拉过海涅的手说，“不过有一条你要记住，你要向歌德学习。”海涅记下了这句话，后来老师又一步一步告诉他应该向歌德学什么，他居然能一丝不苟地按老师的话去做。

老师说说话要像歌德一样文明，他就再也没有说过一句污言秽语；老师说要像歌德一样学好知识，从此他上课认真听讲的程度就超过了班上任何一名学生；老师说要勤思考，勤写作，他就专门为自己准备了写作的本子，一年要用掉好几十本……

经过多年的努力，海涅写出了《北海纪游》《德国，一个冬天的童话》和《旅行记》等在德国和世界文学史上产生过重要影响的诗歌和散文作品，被公认为是继歌德之后德国最重要的诗人。

成名后的海涅曾给当年的老师写过一封充满感激之情的书信，其中有这样一段话：“后来我才知道，你给我讲的那些有关歌德的故事是不真实的，但对我的益处是真实的。正是因为有了这一个又一个信念的激励，才注定了我的昨天，也注定了我的今天。”

后来，海涅还曾写过一首题为《信念》的小诗：你的周围是冬天，你的心中是冬天，你的心儿已经冻僵；突然有白色的片片，降落到你的身上……可那并不是雪花，你立刻看出，十分惊喜，那是春天芬芳的花朵……

载于《学生天地》

伟大的人势必会对生活充满热爱和向往，哪怕兵荒马乱，亦或穷困潦倒，都不能阻止他前进的脚步。

朋友是“痛并快乐着”

文/奇 清

相识满天下，知心能几人。

——冯梦龙

崔永元与白岩松两人总在互相“刺”着，刺了自然会“痛”。但他们似乎并不在乎这些，而且以这样的痛让自己快乐着，在快乐中又加深了相互之间的友谊。

一次，央视新闻评论部的内部年会上举办演出活动，崔永元扮了一位新娘，携带了一个孩子上场，年会主持人白岩松过来“采访”：“请问新娘为什么带孩子？生孩子的感觉怎么样？”崔永元答道：“生孩子的感觉是——痛并快乐着。”

台下哄然大笑，“痛并快乐着”正是白岩松出版的第一本书的名字。如果说这次是演戏，或许经过了一番排练，但很多时候，他们相互之间冷不丁就会让对方“痛并快乐着”。

崔永元和白岩松一同毕业于中国传媒大学新闻系，只是他比白岩松早毕业四年，1985 年毕业后就进入了中央人民广播电台任记者。

1996 年春央视《实话实说》栏目正式推出，选定崔永元为主持人。开播前，制片人时间特意将崔永元领到央视化妆师徐晶面前，徐晶轻描淡写地看了崔永元一眼，说：“老时啊，你怎么老找这样的人当主持人？”徐晶的意思是说《东方时空》白岩松的长相也和崔永元差不多。

白岩松 1989 年从中国传媒大学毕业后的第四年，即 1993 年，崔永元兼职《东方时空》主持人时，推荐师弟白岩松接替他，白岩松随即成为《东方时空》的新闻记者和主持人，并由此一举成名。

“后来居上，小兄弟一飞冲天，无疑成了崔永元心中的痛，让他心理开始失衡。”时间在谈到两人关系时如此说，崔永元也将时间的这段话写进了书中，写完后，也不忘打上一个结：“他（时间）也是猜测。”

时间抖落出的徐晶的“埋怨”，此后便成了两人“交锋”的话题。一次北京外国语大学请崔永元做讲座，说到当年他不再兼职《东方时空》的事，崔永元说：“那时我总想成为央视的正式一员，那天，忽然灵机一动想出了一招：可以找一个更难看的人，如果观众接受他，我就有希望了，于是就把白岩松推荐过去了……”

台下笑声一片，掌声一片。一位女生对崔永元说：“崔老师，你知道白老师是怎么说这事的？他说台里先推一个丑的，看反应不大，就把最丑的推出去了。”

这里面也有一个故事：筹备《实话时说》栏目时，时间再次让崔永元推荐主持人，崔永元这次学乖了，他要汲取上次的教训，不再让肥水落入外人田，直摆手：“没了，就剩下我了。”于是“伯乐”崔永元也跟着师弟白岩松“跳”进央视。

无论外界怎样八卦他们师兄弟，他们也常常“隔空对话”，可从来没有人发现他们的友谊减损半分。

名人出书，有人“撇嘴”，白岩松出了《痛并快乐着》后，崔永元在与主持人张越说起这事时，也表示过“不屑”：“小白还是一个我挺看得起的人，怎么就混到这个堆里去了？”不久后崔永元又说：“他出书挣了好多钱，挺让人羡慕的……”

与其临渊羡鱼，不如退而结网，后来崔永元也出了一本书——《不过如此》。

师弟前面引路，师兄后面跟进，这让白岩松挺“得意”的，有时一不小心，竟当着人说出“崔永元是我的学生”的话。小崔当然不愿做师弟的“学生”，一次金话筒奖的颁奖礼现场，获奖的崔永元当时出差。视频连线，主持人让小崔请一位同事代领。

崔永元说：“今天到现场的都是我的老师，只有白岩松一个是我的学生，就让他代劳吧。”白岩松成了他的“学生”，崔永元总算又报了“一箭之仇”。

但白岩松也不是那么好“欺负”的，领奖时，他以崔永元的口吻发表获奖感言：“能让我最尊敬的主持人白岩松替我领奖，是比我得奖更荣幸的事呀！感谢一直支持我的观众，我要告诉大家，我的抑郁症已治好了，现在不仅能给别人带来快乐，也能给自己带来快乐了。”小崔立即“表扬”了他：“不愧是我的学生，嘴真贫呀！”

朋友是“痛并快乐着”，给朋友一些善意诙谐的“刺激”，在自己快乐并给别人带来快乐时，也让人知道了什么才是谑而不虐、妙趣横生的友谊。

载于《做人与处世》

我们难得碰到这样一个朋友，他经常挖苦你、经常损你，可是也正是因为有了他，我们才成长得那么明显。甚至到后来，他突然有一天不挖苦你了，你还不适应了。

一舍千金

文/寒　青

仰天吐唾，唾不至天，还堕己面；逆风扬尘，尘不至彼，还坌己身。

——《四十二章经》

著名作家贾平凹说：“小舍小得，大舍大得。”从一定意义上来说，人生就是由舍和得构成的。该舍什么，每个人的心里都有着自己的标准和答案。如果什么都不想舍，那么最终可能两手空空。舍，像锄草，为的是庄稼的丰收。星云大师说得彻底：“舍，于人是慈悲，于己得精进。以舍为得，无处不春风。”

18 世纪瑞典著名化学家舍勒，当年利用业余时间发现了许多新元素，这使得他在欧洲化学界名声大噪。瑞典国王在一次出国旅行时，知道了他的名字，便决定授予勋章嘉奖他。他知道后，没放在心上，继续做实验。

半年过去了，他还没有收到勋章，后来才得知，原来糊涂的国王竟把勋章颁发给了一个跟他同名同姓的人。大家想去找国王要回勋章，被他阻止了：“不就是一枚不值钱的勋章吗，何必去计较？”之后，一些国家发来的学术邀请，他也转交给那人代劳。他自己则把精力都用在了研究上，并在 32 岁当选为瑞典科学院院士。

这时，国王前来当面祝贺，并且声称要惩罚那个冒领者。他笑着说：“正是因为他替我领了勋章，才让我可以不受干扰地从事科学研究，国王陛下应该代我感谢他才对！”

1861年3月4日，林肯总统在白宫门前发表第一次就职演说，上讲台后，却发现台上没摆设桌椅，他一时不知该把随身携带的手杖和礼帽放在哪里。还好，他看到一处栅栏，便勉为其难地把手杖挂了上去，可是帽子却因栅栏太高挂不上，该把帽子放在哪里呢？正在为难之际，有人走上前来，友善地伸出手，他没顾得上细看，便把帽子塞了过去。

演讲结束后，他才注意到，帽子竟一直平整地摆放在道格拉斯的手里，而道格拉斯年轻时曾视他为情敌，两人一起追求过同一位姑娘，后来却眼睁睁地看着她成为林肯夫人。两人加入了不同党派，是政坛对手，经常在辩论中针锋相对，后来一起参加总统角逐，他则以微弱的优势获胜。可是面对情敌和对手，道格拉斯却在他急需帮助时，大度地向他伸出了援助之手。

他向道格拉斯友好地点了点头，道格拉斯微笑着把帽子递了过去。事后，他对身边的人感叹：“道格拉斯是我遇见的最有实力的对手，他的风度无人能及。”

舍勒舍弃了勋章，却得到了事业上的成功；道格拉斯舍弃了恩怨，却赢得了属于自己的风度。人生在世，总有一些枝枝叶叶闯进我们的眼帘，只有剪掉它们，才不会影响我们树干的生长，否则，就会舍本逐末，得不偿失。

当然，有些舍是比较艰难的，但再怎么艰难，该舍的必须舍。当年，小提琴家亚莎·海菲兹成名后，英国作家萧伯纳曾对他说：“我敢跟你打赌，听不了你的10场演出，我就能挑出一大堆毛病。”海菲兹笑着走开了。

后来，在一场演奏结束后，萧伯纳问他：“难道你没注意到我在听你演奏时总是哈欠连天，一点也不兴奋，甚至连一次掌也没鼓过吗?”海菲兹却说：“我在演奏时只关注每个音符能否完美地演奏。”萧伯纳就是不服气，有一次，在海菲兹演奏时故意吹响了哨子，可直到警卫把萧伯纳赶出了剧场，海菲兹也没受到干扰。

萧伯纳终于认输，恭维地对他说：“请问你能否拉错一个音，来证明你是个人而不是神呢?”他答道：“我的确是人而不是神，所以只能一门心思地拉好小提琴，从不跟人打赌。”

换作常人，遇到这种情形，肯定会计较、生气、报复，而海菲兹却没有，显然，他把这些统统都舍去了。这样的舍，意味着宽容、大度、豁达。如果没有这样的舍，他就不会取得那么大的成就。可见，舍，需要一个人良好的品德和高尚的人格做支撑。

德富芦花在《写生帖》中写道：有一个画家，只用一种泛着奇异光辉的红色颜料作画，作出的画总是让人惊叹不已，很多同行画家都问他：“你的这种颜料是从什么地方弄来的?”他只微笑不作答。多年后，这个画家去世了，人们在为他更衣的时候，发现他胸前有很多个伤口，于是，人们终于知道了他生前作画用的红色颜料的秘密了。这个故事告诉我们：为了追求，连生命都可舍，而一个人到底该舍什么，这取决于他的追求、理想、品德和做人的境界。

都说一诺千金，其实，一舍也同样千金，甚至无价。可见，生命的富有与高贵，不是因为得，而是因为舍。

载于《做人与处世》

星云大师说：舍得微笑，得到友谊；舍得宽容，得到大气；舍得面子，得到诚实。舍得什么就得到什么。

球王的荒凉往事

文/卓然客

无论什么时候，不管遇到什么情况，我绝不允许自己有一点点灰心丧气。

——爱迪生

他五岁开始踢球，七岁崭露头角，所有见过他的人都说，一颗足球新星正冉冉升起。然而，命运却在他十一岁的时候跟他开了一个莫大的玩笑。他患上了一种叫作“发育荷尔蒙缺乏症”的怪病，骨骼开始停止生长，他的身高将会永远停留在 140 厘米。

这对于一个“足球运动员”来说，简直就是灭顶之灾。

医生说，治疗的费用约要 600 万美元，疗效还要看运气。

这么高的医疗费用，是他的家庭远远无法筹措到的。

“放弃吧，孩子，足球已不适合你。”父亲悲痛地劝他，“先回学校读书吧，长大后，再学一门谋生的技能。”

他含着泪水一脸微笑：“不，父亲，足球是我的生命，我永远不会放弃它。就算我只有 140 厘米，但是谁规定 140 厘米就不能踢足球了？”

争执的结果是，父亲泪流满面，答应了儿子继续踢球。

他开始更加刻苦的训练，常常一天踢下来，全身留下几十块青森森的淤痕。每天晚上，父亲都会抚着他的伤痕，在黑暗中叹息。他总是安慰父亲："不要紧，父亲，足球带给我的乐趣远大于痛苦。"他咯咯地笑着，明亮的眼睛在黑暗中闪现。

2000 年 9 月，在一场少年队的比赛中，他脚法娴熟，盘带突破，制造了一个又一个球场高潮。整个体育馆都在为他欢呼，只有他的父亲，坐在一角悄悄地流泪。

他的精彩表现，引起了一个身材高大的老人的注意。这位老人，就是大名鼎鼎的巴赛罗那俱乐部总教练雷克萨奇。就在这一年，他被选入巴赛罗那青年队。

一年后，他成了队里的主力。一天，总教练雷克萨奇找到他说，如果他愿意与俱乐部签十年合同的话，俱乐部可以出 600 万美元为他治疗。

一刹那间，仿佛全世界都开出花来。他咬着嘴唇，连连点头。

就这样，他一边训练一边接受治疗，到了 2003 年，他的身高终于达到了 170 厘米。他凭借顽强的斗志与不懈的努力，终于改变了自己悲苦的命运！

他的名字叫梅西。阿根廷国家队队员，2008—2009 赛季连夺西甲、国王杯和欧冠三个冠军的"三冠王"、2009 年"世界足球先生"的获得者。

2014 年巴西世界杯上，梅西带领的阿根廷队连克尼日利亚、瑞士、荷兰、比利时等强队，荣获本届世界杯亚军。梅西本人更是以 9 个抢断、23 个射门、4 个进球的卓越表现，力压冠军德国队的诸多名将，获得"金球奖"。

这是一个真实的故事，我没有添加任何煽情的成分。

我不追星，对足球也说不上爱与不爱。但是，在这个辽阔深沉的夜里，这位名叫梅西的年轻人，却以他特有的人生经历，将我感动得一塌糊涂。

那一年，他才 11 岁，一个那么小的孩子，面对命运巨大的打击时，他微笑着选择了面对与战胜。如果当年，他有一丝一毫的放弃，那么今天，他只能是一个可怜的侏儒，在都市一个不知名的灰暗角落里，依靠人们的怜悯，艰难地谋生。

再看到他在荧幕上乌发飞扬，长传冲吊时，我心中涌起的是浓浓的钦佩之情。很多时候，英雄与侏儒仅仅一步之遥。你迎上去，挺了过来，你就是英雄；你灰心了，后退一步，你就会沦为万劫不复的“侏儒”！

载于《东方青年》

人生的高度不体现在身高上，而在于意志上、精神上。用自己顽强的意志和不懈的精神，才能建起人生的高楼大厦。

名人痴迷“忘食”

文/韩　青

我扑在书上，就像饥饿的人扑在面包上。

——高尔基

中外许多事业有成的名人，往往为了研究某个问题，专心致志，痴迷“忘食”，闹出了不少笑话。

陈景润有一次去食堂吃饭，想着一道难题的解法，想着想着，竟转了个圈又回来了。别人问他：“你吃饭了吗?”他竟回答：“吃过了。”

牛顿有一回请朋友到家做客，饭菜做好后，他就去实验室专心致志地做实验了。朋友来后，找不着牛顿，他等了又等，还是不见牛顿。他因急于赶去上班，就独自把菜吃了，并把吃剩的鸡骨放在盒子里，然后走了。傍晚时，牛顿做完实验准备吃饭，当他看见盒子里的鸡骨时，显出突然醒悟的样子，哈哈大笑说：“我以为自己还没有吃饭哩，原来早已吃过了。”

贝多芬有一天到饭店去吃饭，他找了一个位子坐下来，而全部心思却还在作曲上。这时，他捕捉到了一个优美的旋律，非常兴奋，顺手把饭桌上的菜谱翻过去记下心中的旋律。一个小时过去了，一位侍者从他身旁走过，他才忽然若有所悟，叫住侍者，让侍者给他结账。“先生，您还没有用过餐，结什么账?”侍者不解地说。“真的吗？我还没有吃过饭?”贝多芬疑惑地反问。

美国数学家维纳，有一次从寓所里出来去饭店吃饭。路上，他与朋友相遇，讨论起学术问题来。过后，他忘记自己是否吃过饭，他问朋友道："你刚才看我是朝饭店方向走，还是朝寓所方向去?"朋友开玩笑说："你是朝寓所走的。""对!对！我已经吃过饭了。"说完，维纳便回寓所，继续他的研究工作。

1905 年 3 月 14 日是爱因斯坦 26 周岁的生日，他的朋友们特地准备了他最爱吃的伏尔加鱼子酱。这道菜上桌时，爱因斯坦正在兴致勃勃地评论牛顿的惯性定律。他边吃边讲，吃完了鱼子酱他才告一段落。朋友们问他刚才吃的是什么，他说不知道，当告诉他是伏尔加鱼子酱时，他竟惋惜地叫了起来。

生活中，那些在各行各业取得一定成就的成功者，几乎都是极其专心、投入的痴迷者，而这样的痴迷者，往往又是忘食者，他们之所以不饥饿，是因为他们品味了一道道丰富的精神大餐。

载于《做人与处世》

天才是百分之一的灵感，加百分之九十九的汗水。每一个伟大的人，之所以取得那样骄人的成绩，是因为他们把所有精力都投注在一件事情上。

有颗巨人心的“理发师”

文/段奇清

由于痛苦而将自己看得太低就是自卑。

——斯宾诺莎

他是一名演员，没演过理发师。可他说，在我的心灵深处就曾常常饰演着理发师。

有一个笑话：有一种人，谁见了都得低头，这种人就是理发师。说他在心灵深处曾常常饰演理发师，就意味着任何人见了他都要低头。他叫彼特·丁拉基，1969 年 6 月出生于美国新泽西州。

那年，彼特已 13 岁，同龄的孩子们大多已长得和大人们一般高了，可彼特却只有 130 来厘米，也许有的男孩发育要迟缓一些，再等等看看。然而，15 岁了，18 岁了，彼特一直停留在 135 厘米上。最后医生诊断，他患有软骨发育不全症，也就是说，彼特的身高不再会长高了。

是的，同龄孩子和成人们见了他都得低头。但彼特不要这样的低头，他希望的是人们对他充满敬意地低头，即弯腰折服。

还是在五六岁时，由于做音乐教师的母亲经常要为影片配乐，在耳濡目染下，彼特非常喜爱演出，儿时的梦想就是做一位出色的演员。在被确定患了侏儒症后，他的演员梦似乎要破灭了。但他的一颗痴迷之心就是不改，高中时，他进入了私立文学艺术学院本宁顿学院学习表演艺术。

尽管他以优异成绩毕业，但由于身高原因，他只能进入一家提供考试服务的公司。每天的工作就是把有关信息输入电脑，虽说他一做就是 7 年，可业余时间里总不忘看电影大片，研究揣摩明星们的表演。

他依然梦想着凭着自己不凡的演技，能够演出一部部好看的电影，得到他想要的人们对他的“低头”。

由于他从不放弃舞台演出，机会终于来了，1995 年，他开始有了电影邀约。在小成本喜剧电影《开麦拉狂想曲》中，他扮演一名因为身高限制，只能接自己不喜欢的角色的不得志演员。虽说电影上映后，他所演的角色好评如潮，可他当时并不想出演这个角色。之所以演了，只因之前父亲为他签了约。

这部影片后，只要是将身高作为卖点，把矮人当作笑柄的角色他一个也不接。为此，他和父亲闹了别扭，搬出去自个儿租房住。

清静下来的他进行了思考，他终于明白父亲是对的：要想成功，就得多演出。通过思索还让他懂得，要想得到别人的佩服，即便自己身材矮小，也得有一颗巨人的心。自己就得做自己的理发师，对心灵中疯长的似乎是维护自尊、其实是自卑心理作祟的“头发”要经常理一理。

在对自己的心灵做了这样的梳理后，思想一变天地宽，于是机会大把大把地找上门来。2003 年，他主演电影《心灵驿站》，一个矮人角色让他更加受到人们的肯定和青睐。.

2011 年他又在电视剧《权力的游戏》中出演人称“小恶魔”的提利昂·兰尼斯特，成为剧中最受观众欢迎的角色之一。业界也对他高度赞誉，并将当年金球奖和艾美奖的最佳男配角奖都颁给了他。

如今，提利昂已经是剧中的核心人物之一，在这部以“任何主角都可能突然死去”为卖点的电视剧中，提利昂却是最安全的人物。正因为他的出色表演，这部充斥着阴谋、暴力、背叛、复仇的电视剧一经播出，迅速被奉为神作，如今，由于他的“不死”，该电视剧已经拍摄了多季，看来还得继续拍摄下去。

除了《权力的游戏》外，他还参与拍摄了《葬礼上的死亡》《纳尼亚传奇 2：凯斯宾王子》等片。他已经成了全世界影迷们的偶像，商业大片也向他伸出橄榄枝，在众星云集的《X 战警：逆转未来》中，他饰演戏份颇重的大反派崔斯克博士。

早在 2005 年，他就与舞台剧导演艾丽卡·施密特结婚，生下了两个健康貌美的女儿，一家人甜蜜美满。

无论你的客观条件如何，你都要做自己的“理发师”，努力理掉让你自卑的“头发”，并珍惜你所拥有的一切。正如彼特在借他饰演的“小恶魔”之口说的话：“将你的缺陷变成你的动力，这样它才不会成为你的弱点。用它来武装你，就没有人能够伤害到你。”

载于《才智》

自卑是糟糕的情绪，就像自己主动关上了窗户，谢绝阳光进来，屋子里终年阴暗潮湿。可是自卑是由环境造成的，这是不能改变的，唯有自己主动打开心扉，勇敢走出去才能改天换地。说白了，只有自己才能救自己。

化开坚冰成暖男

文/梅若雪

拼着一切代价，奔向你的前程。

——巴尔扎克

人们称他为亚洲第一暖男，人生其实是一种冷暖变幻，他今天的“暖”是由于他昔日的“寒”。

他长得浓眉大眼，读初中时，个子蹿得比同龄孩子高出半头，风度翩翩的他很快被一本时尚杂志相中并做了兼职模特。十九岁时，他又幸运地被建国大学电影学术学院录取。

接着青少年电视剧《秘密的校园》邀他出演男一号。在电影拍摄中，他又获得了一位小清新型天然美女的爱情。在人们眼中，他简直就是一位幸运的“男神”。

然而，他的宠幸似乎老天爷也嫉妒了，“冻云连海色，枯木助风声”，晴空万里中突然飘来了一团寒云。一次他在与一位好友外出旅行时不幸遭遇车祸，身受重伤。

躺在病床上的他只觉得寒气阵阵，他痛苦地想，自己的演艺生涯很可能就要被这冰天雪地封冻住了。这时爱情自然成了他唯一的精神慰藉，病房的门只要被女友推开，就宛然一阵春风拂来，他的心也随着快乐地跳起舞来。

然而，这样的快乐越来越少了，女友终于不再来了，因为她的心已另有所属。医生说他在病床上少说也得躺上一年，他清楚演艺界是换代极快的行当，今天你是头条明星，也许到了第二天你就被人取代了。可不是，连他自己也觉得前途未卜，而哪个女孩子又愿意将自己的幸福寄托于一个前途充满未知数的人的身上呢！

“万里冰霜，一夜换却西风”，恋爱的花儿就这样在冰霜的肆虐下凋谢了，他悲伤地说，这可是寒透心扉的“冰之恋”啊！在经过几天心灵的痛苦挣扎后，他想，要是这样消沉下去，自己就如同从五彩缤纷的春天掉落于冰窟窿里了，从今往后生命的园地有的只是一片幽暗死寂。自己还年轻，只要振作起来，未必没有“瓦解冰泮、风飞电散”的日子。

想到这，他要使劲将那仿佛挂满冰凌的心抖它一抖，他听到“叮叮咚咚”的响声了，感觉到那些冰凌已尽行摔碎融化。他倒有些感谢前女友了，她的离去倒成了击碎他心中冰凌的棒，不，他更是要以这根棒撬起心中的一轮太阳。

从那以后，在医生做完治疗后他便静下心来刻苦读书，他要让冰泮升华为春雨，让自己的心田生动丰盈起来。

精神振作心情开朗身体也就恢复得快，不到一年他便出院了。他相信只要凭着自己对生活的热望及不懈的努力，在演艺界一定有重新被认可和接受的一天。出院后，他除了吃饭睡觉就是练习演技，同时加强体育锻炼，身体容易发胖的他也就能始终拥有魔鬼般的完美身材。

心中有太阳，心田葳蕤一片。2009 年，《花样男子》剧组开拍前他去试镜，导演一眼就看上了阳光帅气的他。“他的能力是否能胜任主角?”因缠绵病榻近一年而没有名气，他不免遭到一些人的质疑。但导演并没看错，电视剧一上映他得到的全是叫好声，人们很快记住了“具俊表”这个痴情王。他的粉丝也如雨后春笋般从四处冒了出来，人们更是亲昵地称他为“长腿欧巴”。

他乘势而上，不做偶像派，要成为实力派。《城市猎人》让他饰演男主角李润成，而武术打斗是他的短板，可他说，谁做什么也不是天生就会的。尽管拍摄时间很紧，但繁忙之中每周他都会去武术队训练几个小时，他还到泰国向射击高手学习射击。

付出了就有收获，影片上映后，使得之前认为这个二十三四岁的毛头小伙子拍不好动作片的人大呼“想不到，我们错了！他有一种360度无死角的帅！”

他就是1987年6月22日出生于韩国首尔的李敏镐。2013年，电视剧《继承者们》将李敏镐的事业推向了高峰。后来他把这部电视剧中自己购买的道具服装统统捐赠给慈善拍卖网站，并将其拍卖所得全部捐助给困难群体。

竞拍后第一秒就有一万多名网友同时预订，竟一度令网络瘫痪，重新开始后四十三秒内全部秒杀。李敏镐人气极大地爆棚，引起了2014年央视春晚导演冯小刚的注意，力邀他上了春晚。除夕之夜，李敏镐和庾澄庆合唱了《情非得已》，成为收视率最高的节目。

冬天来了春天还会远吗？从人生低谷，到如今成为拥有无数粉丝，站在舞台上受亿万人追捧的红星。从屌丝变成亚洲第一“暖男”“男神”，只因为他勇于向逆境挑战。面对冰一样的打击及失恋，只要心中充满阳光和勇气，就能促人奋进让人自我超越。

载于《当代青年》

每一次跌倒，是为了更好地爬起；每一次流泪，是为了更好地站起。坚持走，总会成为你心中的样子。

不要排斥不同性格的人

文/李　瑞

性格是一个人看不见的本质。

——柏格森

黄渤和管虎合作了《杀生》《斗牛》等多部经典电影，拥有十几年的友谊。可是，他俩第一次合作《上车，走吧》时，却差点错过了彼此。

当初，黄渤是经朋友介绍来到剧组的。但他第一次出现在管虎的面前时，管虎吓了一大跳。因为黄渤“穿得西装革履的，跟傻子似的。还弄一个海报，80 年代卖磁带的那种海报，油光水滑的，像个香港二流子。”而这些还不是平实朴素的管虎最受不了的，最让管虎受不了的是黄渤还没把电影放在眼里。话里话外，都透露出拍电影就是为了玩。

当时，管虎的助手直接就想让黄渤回家了，但碍于朋友的面子，管虎还是让黄渤试了一段戏。令管虎没有想到的是，眼前这个让自己很是不喜欢的小伙子，演起戏来竟然有模有样，大有让人眼前一亮的感觉。于是，管虎便决定留下黄渤。

管虎的助手惊讶地问道：“这么不靠谱的人，我们还让他跟我们一起拍？”

管虎说：“他给我的印象确实不咋样，我也不喜欢他的性格。但是一码归一码，不能因为我不喜欢他的性格，就否定了他的才能。性格可以磨合，才华却是强求不得的。我不能因为我个人的好恶，就排斥接受不同性格的人在一起做事。”

就这样，管虎留下了黄渤，一起拍摄了电影《上车，走吧》。经过相处，管虎才发现黄渤并非表面上那样没有正经，他做起事来异常认真刻苦。之后，两人的关系也就越来越好了。

现实当中，我们遇到性格跟我们不一样的人，往往就会排斥他们，不想与他们交往。殊不知，这样做的结果只会让自己错过结交朋友的机会。如果我们像管虎一样，学会接纳跟我们性格不一样的人，然后慢慢磨合，多点包容和理解，相信你会慢慢发现对方也有很多闪光点。

载于《演讲与口才》

每个人的性格都是独一无二的，就像是世上没有相同的两片叶子一样。放下姿态，去感受出现在你身边的每个人，他们都有可能成为你生命中重要的人。

幽默让你不再尴尬

文/张　盼

幽默和风趣是智慧的闪现。

——莎士比亚

幽默是一种智慧

吴秀波作为内地一线男星，自然倍受外界瞩目，更有不少著名服装品牌公司邀其代言。

一次，吴秀波作为某服装品牌代言人受邀出席了该服装公司举办的时装秀，并且带了4位女性朋友兼模特前来助阵。在时装秀安排记者采访时间，一位记者先声夺人地向吴秀波发出第一问："在今天您带来的4位女性模特中，当然也是您的朋友，您最欣赏哪一位呢？"

吴秀波被这刁钻又挑事的问题给逗乐了，笑了一下，并未作答。记者们则用一副事不关己的表情看着吴秀波，看他会怎样出囧。

吴秀波稍思片刻，答道："这四位女孩，就像是一年四季，各有各的美丽，缺了哪一个都不行。"

记者们惊诧不已，纷纷为吴秀波的机智鼓起掌来。

在生活中，我们面对的问题多种多样，遭遇的尴尬自然也不在少数，这时就得学会如何巧言化解尴尬。幽默不失为一剂灵丹妙药，它就像是尴尬的克星，可让人们开心一笑，让尴尬瞬间去除。而文中的吴秀波当遇到记者问到最欣赏哪一个女孩时，记者们心里都明白无论吴秀波说哪一个女孩都会让另外三个女孩尴尬，难堪。然而吴秀波出其不意地把四个女孩比喻成四季，说出各有各的美丽，不得不令人钦佩。

机智是一门学问

湖南卫视热播的《爸爸去哪儿 2》吸引了大家的眼球，随着这档亲子互动真人秀节目的播出，五组家庭受到了大家高度的关注。作为其中的一组家庭，曹格带领的儿子和女儿在节目中的表现更是受到大家普遍的赞誉和喜爱。

之后，曹格受邀参加某电视台综艺节目的录制时，主持人搞怪地提问道：

“家里是谁在管钱?”

此问题一出，全场瞬时安静下来，大家都想看看曹格怎样应对这个“不太善意”的问题。

“我和妻子各管各的，但我有时也需要交交保护费。”曹格灵机一动，随口而出。

此时，场上掌声一片，力赞曹格反应敏捷。

“有传言说您身价上亿，您怎么看?”主持人紧追不放。

场上气氛顿时有点紧张而尴尬，大家再次安静下来，听他如何回答。

“如果是这样的话，我都想打五折卖了自己。”曹格沉思片刻，微笑着答道。

主持人带头鼓掌，场下掌声更是经久不息。

曹格真是幽默而不失大气，在主持人连续的咄咄逼问下，曹格不但没有生气，反而巧妙地用“交保护费”“打五折卖了自己”等自嘲的话语成功为自己解围，更是把现场气氛推向高潮。曹格的个人魅力果然与众不同。

自黑是另类机智

微博女王，实力派女星姚晨因 2006 年出演古装喜剧《武林外传》郭芙蓉一角而被人们所熟知。

在 2010 年，姚晨因拍摄《爱出色》影片而被传出与该影片导演陈奕利的绯闻，有记者曝料称两人关系暧昧，经常出入高档酒店、餐厅。

在之后，《爱出色》主演应邀上一档访谈类节目，在访谈过程中，主持人直接犀利地向导演陈奕利抛出问题：“网上有传闻说，您和姚晨因为此影片产生了暧昧关系，对此，您有什么回应呢?”

此句一出，全场哗然，皆惊讶于主持人的提问尖锐、直接。

陈奕利颇显尴尬地答道：“这个，大家都是朋友，在一起吃饭很正常。”话音刚落，身边的男主演刘烨假装不高兴道：“我和姚晨也经常在一起吃饭，有时也去看看电影，都这么熟，怎么没人传我们俩绯闻呢？就因为我长得不如陈导好看吗？记者们真是以貌取人，太势力了。”

全场瞬间被刘烨的自黑逗得哈哈大笑，主持人更是带头鼓掌，会场气氛顿时变得轻松起来。

刘烨真是一个聪明的人，当不怀好意的主持人抛出犀利的问题使姚晨和陈奕利尴尬不已时，刘烨首先说明自己和姚晨关系不错，并且常常吃饭看电影，然后以自黑的方式幽默而机智地否定了姚晨和陈奕利因关系亲密而传出的绯闻。

在生活中，我们不乏遇到各种有挑战性的、令人尴尬的问题，而学习刘烨这种以自黑方式化解尴尬的方法自然也是佳选。这不仅化解了尴尬，也为自己增色不少，同时，还会有意想不到的效果。

载于《做人与处世》

我们经常会遇到突发情况，在那样的情况下，往往会显得特别尴尬不知如何是好，台下笑作一团，你恨不得找个地缝钻进去。适时的幽默，不仅显示你的大度，还凸显了你随机应变的素质和乐观向上的心态。

强权下的细节逆袭

文/清　翔

把每一件简单的事做好就是不简单；把每一件平凡的事做好就是不平凡。

——张瑞敏

人生历史中往往有着宏大的叙事篇章，它彰显的是其恢宏和壮阔。宏大也许能给人以震撼，但真正让人不能忘怀的是宏大背后的细节。

“红豆生南国，春来发几枝；愿君多采撷，此物最相思。”17岁那年，王维来到了长安城，写下了这首令长安少女纠结得情肠婉转的《长相思》。“空山新雨后，天气晚来秋；明月松间照，清泉石上流；竹喧归浣女，莲动下渔舟；随意春芳歇，王孙自可留。”王维晚年又写下了这首于诗情画意中寄托其高洁情怀和对理想追求的《山居秋暝》。

王维进士及第，曾任过右拾遗、监察御史、中书舍人、尚书右丞等职。这些应该是王维人生历史中的“宏大叙事”，但人们也许真正记住的只有这些记录人生细节的诗句。

且不说这些诗句如何脍炙人口，深入人心，就是让王维至死也铭刻在心的大约也正是这些诗句。756年，安禄山起兵反唐，唐玄宗从似锦繁花的梦中终于惊醒了，带着爱妃怆惶出逃。

那天，长安城的大臣如同往常一样，以为只要去金銮殿中报个到，就可回到家中继续享受盛唐的花花世界，可金銮殿上早已不见了皇上的踪影。在大臣连同王维正感到纳闷时，他们却一同成了安禄山的俘虏。

唐玄宗一路逃难到西蜀，这才想起16年前去世的张九龄，因为张九龄曾提醒过他安禄山有可能反叛。“蜀道铃声，此际念公真晚矣！”玄宗遣使至曲江祭祀张九龄时这样说。

与玄宗同陷于危险境地的还有王维，被安禄山带到了洛阳的王维，囚禁在了菩提寺中。他是名人，安禄山按一定的规格待他，吃的喝的按时送到，鸡呀鱼呀的也不缺少，还将一份委任书放在他面前。

追求高洁情怀的王维岂能做这样的官？此时王维虽说56岁了，但认为自己身体还算硬朗，活上十年八年不成问题。他想这时自己如果生一场病该多好，病了安禄山就不会再逼他做官了。可是病迟迟不上身，王维于是服了巴豆，让自己泻个不止。对待王维这个“天下文宗”，安禄山倒也显出了一份少有的耐心，他说“你病了，我可以等着”。不过以前的待遇不再有了，且环刃交加，以死威胁他。王维没勇气去死，最终担任了伪职。

安禄山进入长安，血洗完长安城后，抓了数百名梨园弟子，把他们带到洛阳，在洛阳的凝碧宫为自己及其部下演戏消遣取乐。王维闻之，不禁悲从中来，在阵阵秋风中簌簌落叶下暗暗作了一首《凝碧宫》：“万户伤心生野烟，百官何日再朝天；秋槐叶落空宫里，碧烟池头奏管弦。”

757年，唐军相继收复长安、洛阳，王维被押到长安，附逆按唐律当斩。这时，有人便以王维的《凝碧宫》来证明他对唐朝的一片忠心；同时，当时任刑部侍郎的弟弟王缙也恳请用自己的官职来换取兄长的性命。另外，也许念王维是张九龄提拔并看好的官员，出于对张九龄的怀念，唐肃宗最终原谅了王维。

王维的人生由此出现逆袭，皇上非但不杀他，还给了他太子中允之职。

有人说，是一首诗救了王维的性命。不错，在血淋淋的屠戮面前，是诗中透露出的不泯的正直和良心，让王维的生命不致在仓促间消亡，也让王维的人生之诗有了一个不黯淡的尾联。

一个人的人生历史也许有太多盛夏般的熙攘纷繁，但能让生命逆袭的却是秋槐叶落般的细碎之声。面对强权，也许它是柔弱的，只因其中蕴含着遵循律令的一分清醒，也就能在其历史的天空中永远回响荡漾……

载于《才智》

看惯了大海的波涛汹涌，山涧潺潺的小溪也让人惊喜；看腻了塞外黄沙肆意、军旗招展的粗暴，却又喜欢那堤岸边的杨柳依依。微小的事物让生活更美好！

第二辑

华盛顿的5枚银币

5个银币或许能解一个人的燃眉之急，而一句“一定要记住，你是谁”则能让人受用终生，因为它唤醒了一个人生存的道德底线。当我们面临诱惑或选择的时候，不妨问一问自己：“你是谁?”

师旷妙语劝说平公学习

文/张素燕

现实是此岸，理想是彼岸，中间隔着湍急的河流，行动则是架在河上的桥梁。

——克雷洛夫

春秋时代，晋国的国君平公，有一天对一个名叫师旷的著名乐师说:“我已经是 70 岁的人了，再想学习恐怕太晚了吧?”

师旷是个聪明人，他故意问：“晚了，那为什么不把蜡烛点起来?”

晋平公认为师旷很不礼貌，生气地说:“我跟你讲正经事，你怎么能开玩笑?”

师旷就认真地对他说：“我听人家说过，少年时期就刻苦好学的人，好像早晨的太阳，前途无量；壮年时期开始刻苦学习的人，好像是烈日当空，虽然只有半天，可是锐气正盛；老年时期才开始刻苦学习的人，就好像是蜡烛的光，虽然远远比不上太阳，但是比在黑暗中瞎碰乱撞，可要强上好多倍呢!”

晋平公听了，连连点头称是。

面对平公的疑问，师旷没有从正面回答，而是顺着他说的话“再想学习恐怕太晚了吧”诙谐幽默地说：“晚了，那为什么不把蜡烛点起来?”面对平公的又一质问，师旷顺势引导，巧妙地运用比喻的手法，把人生的三个阶段做了形象生动的描述和解释，从而让平公意识到，活到老、学到老。只要有目标、有恒心、有信心、有决心，不管多大年纪学习都不晚。

载于《做人与处世》

年龄不应该成为一个人发展的限制，更不能阻碍一个人前进的脚步。心有多大，舞台就有多大。

华盛顿的5枚银币

文/陈　洋

要克服生活的焦虑和沮丧，得先学会做自己的主人。

——高尔基

1789年，乔治·华盛顿成为美国第一任总统，在宣誓就任总统前，他一直住在距白宫不远的哥伦比亚大酒店。

一天晚上，一个小偷越窗潜入华盛顿的房间。他翻遍房间，除了几枚零散的银币外，只找到了一个似是金质的勋章。就在这时，黑暗之中传来一个吵哑的声音："先生，请不要把我的勋章拿走。"

突如其来的声音把小偷吓了一跳，他愣了一下，竟脱口问道："为什么？"

华盛顿回答："倒不是因为这枚勋章值多少钱，只是它对我有着非常重要的意义。你仔细看看，勋章上面刻的是什么字？"

房间灯亮了，那小偷拿起勋章："送给总司令乔治·华盛顿先生——陆军司令部。"小偷愕然，"你真的是华盛顿总统？"

"是的，我就是华盛顿。年轻人，不要拿走它，它只是铜做的，值不了什么钱。"停了停，华盛顿又问道："年轻人，你为什么要做这样的事呢？"

年轻人解释说，因为连年战争，家里一点吃的也没有了，母亲生病长年卧床，孩子也得了脑炎。年轻人对华盛顿说："如果您不介意，您能借给我一个银币吗？"

华盛顿说他并不介意，并且说："我想，你可能需要更多的钱，你的家也为我们这场战争做了贡献。我这里有5枚银币，你快些拿回家给母亲和女儿治病吧。"年轻人跪倒在华盛顿面前请求宽恕，华盛顿扶起年轻人，并且给他一个忠告："年轻人，一切都是因为战争，以后我们的日子都会好起来的，但你今天的举动非常糟糕。以后，一定要记住，你是谁！"

后来，传说年轻人去做工，真的还上了华盛顿的5个银币。5个银币或许能解一个人的燃眉之急，而一句"一定要记住，你是谁"则能让人受用终生，因为它唤醒了一个人生存的道德底线。当我们面临诱惑或选择的时候，不妨问一问自己："你是谁？"

载于《当代青年》

你是谁，你要去向哪里，你要成为什么样的人，你要过上什么样的生活？多几次这样问自己，也许你就不会像现在这样迷茫和手足无措了。

我之所爱为我天职

文/纳兰泽芸

不能爱哪行才干哪行，要干哪行爱哪行。

——丘吉尔

2010 年 7 月，北大前任校长许智宏去深圳，点名约见两位在“各行各业都做得很出色”的北大校友。

其中一位就是“卖猪肉”的北大校友，广东天地集团的总裁陈生。

陈生，广东湛江人，北京大学经济学学士，清华 EMBA。1984 年北大毕业后被分配在广州一个机关单位，每天过着重复、枯燥、没滋没味的日子，还得忍受单位里论资排辈、尔虞我诈的郁闷氛围，他觉得再这样混下去，简直是浪费生命。

三年后，他选择辞去“铁饭碗”，“下海”了。

80 年代，自己砸掉人人羡慕的机关铁饭碗，那得需要多大的勇气！

“下海”之后，他倒腾过服装，倒腾过白酒，也倒腾过房地产。而且倒腾房地产还倒腾出了不小的动静，但他最终还是选择了“卖猪肉”。2006 年，他打造自己的土猪养殖场，2007 年开始在广州开猪肉档卖猪肉，短短两年时间在广州开设近 100 家“壹号土猪”连锁店，营业额达到 2 亿元，被人称为广州“猪肉大王”。

有人问他："房地产赚钱又快又轻松，为什么还要卖肉呢?"

他说："房地产赚钱轻松且快不假，但不符合我的性格，我还是安安分分养好我的猪吧。与其天天陪人喝酒赔笑脸，我更愿意跟阳光打交道。"

陈生说，当然，北大校友卖猪肉也要卖出"北大水平"来。2005年的一天，陈生去农贸市场逛，看别人卖猪肉，这一看让他大吃一惊。农贸市场里那么多卖猪肉的，竟没有一个猪肉有品牌，有形象。回来后他就着手调查猪肉市场数据，他发现全国6.5亿头猪，以一头猪100斤算就可卖1000元，全国猪肉市场一年就有1万亿元的销售额。几乎没有一个行业有如此大的市场容量!

他越研究越有兴趣，他觉得如果他去卖电脑，他得面临像联想等这些几百亿上千亿级的企业竞争，但是卖猪肉，他是北大经济系毕业的，与竞争对手相比，他有与众不同的经济头脑。他决心要在这个行业里干一点"伟大"的事，人家一天卖一头猪、半头猪，他就卖几十头，几百头，这就是"北大水平"。

如今的陈生，经常待在广州郊区一个农庄里忙乎着他的猪肉事业，也在那里办公。在阳光、清风与憨拙的土猪陪伴下，自得其乐地工作。

可是，现实生活中，我们有多少人能够"自得其乐"地做自己喜欢的工作呢?

股神巴菲特说："做自己喜欢的事，还能有钱赚，这是最快乐的事。"巴菲特被邀至哥伦比亚大学演讲，当被问到他成功的秘诀时，巴菲特开怀大笑起来。他说与在座的学生们相比，他并无不同之处，如果一定要说有的话，那就是他每天都在做自己最喜欢的工作。

“每天都在做自己最喜欢的工作”，这短短几个字，其实是无数人穷其一生都无法实现的美丽梦想。

绝大多数人的现状是，清晨勉强睁开困乏的眼睛，不情不愿地挤着地铁去上班，熬到太阳落山，再心力交瘁、腰酸背痛地下班。厌倦、烦躁、倦怠常常袭击我们业已脆弱的心，有久未联系的朋友打来电话：“最近过得怎么样?”“唉，老样子，没劲。”

有个故事里说一个观光团去一个山水秀美的偏僻小村游玩，一个当地老人坐在树荫下一边吹着凉风一边编草帽，那草帽是用当地的一种蒲草编的，非常精致漂亮。观光团里的一个商人看见了欣喜若狂，他想，这样漂亮精美的草帽，如果拿到大城市去卖，价钱一定不菲。

商人压住内心的狂喜，装作不经意地问老人：“请问，这草帽多少钱一顶啊?”老人微笑着说：“十块钱。”说完又低头继续编他的草帽了，老人边编草帽边哼着小调儿，看上去快乐而闲适。

商人高兴得快跳起来了，这么精致的帽子在大城市，没有一百块是绝对买不到的。商人赶紧对老人说：“老人家，如果我在您这里订做 1 万顶草帽的话，你每顶能给我优惠多少钱呢?”

他以为老人肯定会高兴坏了，没想到老人慢吞吞地说：“要是这样的话，我就不卖给你了。”商人大惑不解。老人说：“我坐在这树荫底下编草帽，吹着风、喝着茶、哼着歌，本来是很享受的事，没有一点负担。你要 1 万顶帽子，我就得没日没夜地拼命干，那该多累啊，不但身体累，我的心更累呢，所以我不卖。”

当工作不是一种享受，而成为一种心灵的负累时，我们就会有疲惫不堪、心力交瘁的感觉。

易中天给女儿选专业时的建议是：第一考虑兴趣；第二考

虑自己的优势；第三考虑创造性；第四考虑将来是否挣钱。

当然，也许有些人会对易中天的建议不敢苟同，因为我们往往会迫于生活的压力，不得不从事一份自己不喜欢的工作。先要生存，然后才有可能去追求更多的东西。

既然目前不得不做我们不喜欢的这份工作，与其成天念叨"我不喜欢这工作，我好累……，"让自己如行尸走肉一样活着，不如调整自己，把目前从事的工作当成必要的过渡与磨炼，让它成为通向你喜欢的那份工作的桥梁。

终有一天，你会惊喜地发现你达到罗素所说的人生目标——"我之所爱为我天职。"

载于《意林》

好多时候，我们都会碰到这样的问题：你最想做什么？每个人都知道自己想做什么，可是没多少人坚持去做自己想做的。包括高考结束之后报专业的时候，都考虑哪个专业工作稳定，哪个专业就业好，而很少去考虑我想做什么？你知道自己想做什么吗？你有勇气坚持吗？

不信人间耳尽聋

文/秦若邻

如果整个世界是公正的话，勇气就没有必要存在了。

——普鲁塔克

“竹林七贤”之一的阮籍，生在魏晋乱世，举目皆是令人惊心的鲜血和头颅，偏偏他又是个心中充满历史感与文化感的文人，他的内心承受着巨大的伤痛。

阮籍痛苦的时候，就一个人驾着破旧的马车游荡。车上载着酒，在泥泞的路上颠簸。这时马突然停下了，阮籍一看，前面真的没有路了。他问自己：真的无路可走了吗？他的眼泪夺眶而出。

他胸中的愤懑之气突然涌向喉头，他长长一吐，变成一种尖利、高亢入云的啸声。

这样尖利的啸声，携着他的痛苦，在山风暮霭之间缭绕，翻转腾挪。他想寻找一双能够听见他痛苦呐喊的耳朵，他不信人间耳尽聋。他在无路可走之时，一次一次，吟啸复吟啸。

痛苦的阮籍，让我想起了痛苦的鲁迅。

阮籍在之后的许多年，又逢一个乱世，有一个名叫鲁迅的人与阮籍不谋而合地发出了呐喊之声：“人生最痛苦的，莫过于梦醒了无路可走！”

无路可走的时候，阮籍选择了悲怆的吟啸；而鲁迅，选择了痛楚的呐喊。

不到十岁的鲁迅，不，那时他还不叫鲁迅，也不叫周树人，他叫周樟寿。因为父亲生病，小小的他经常出入当铺和药店之间。药店的柜台跟他一般高，而当铺的柜台却比他高出一倍。他吃力地把几件衣服或首饰送进当铺里，在轻蔑的眼神里接出一点钱，再跑到药店给父亲买药。如此熬过漫长的几年，家里已经无东西可当，父亲也撒手归西。

贫寒没有阻挡孩子奋发的脚步，终于他在21岁时考取了官费留日生，去日本留学学医，目的是为了救治像父亲那样的病人，使中国人摆脱“东亚病夫”的帽子。作为一位弱国国民在日本读书，他受尽了歧视，就连解剖学他考了个“59.3分”，都被人怀疑是老师泄了题给他。

他偶然一次在一部纪录片电影里看到日本人砍杀中国人示众的镜头，那些围着看热闹的中国人，各个有着强壮的体格，可是看着同胞被砍头时却显出完全麻木的神情。他悚然发觉，此时学医是无意义的，精神的愚弱比肉体的虚弱更可怕。凡是愚弱的国民，即使体格如何健壮，也只能做毫无意义的示众材料和看客。所以第一要务，就是要改变他们的精神，而善于改变精神的，是文艺。

回国之后，面对黑暗而麻木的一切，他深深地痛苦，他独自住在北平绍兴县馆久无人居的屋子里，久无人居是因为院子里的槐树上曾经自缢过一个女人。他却一个人住了进去，夏夜苦闷的时候，他常常坐在那棵缢死过女人的槐树下，从密密的枝叶缝隙里看那被切割成小块的浑蒙天空，间或还有肉乎乎的槐蚕凉冰冰地落在头颈上。

在他看来，缢死的女人灵魂并不可怖，可怖的是周遭的黑暗与麻木。

他觉得自己的四周是一间没有窗户又万难破毁的铁屋子，里面有许多昏睡的人们，不久就要闷死了，然而他们却浑然不觉。所以，他要呐喊，呐喊，哪怕喊醒了有限的几个人，也许就有了毁坏这铁屋子的希望。

所以，他积极为钱玄同等人创办的《新青年》杂志写稿，以期以笔为喉，用文艺唤醒愚钝昏睡的国民，他声嘶力竭地呐喊，呐喊……

他有限的时间和生命，几乎完全用在了用笔呐喊上，日常生活简至不能再简——虽然夜间熬夜写作，饭菜也只是一两样普通蔬菜。他很少吃鱼，因为他认为鱼的细骨太多，吃起来太费时，时间浪费在这上面太可惜了。他常常写作到凌晨两三点才休息，而且常常是衣裳不脱就这样和衣倒下睡两三个小时，然后醒来抽根烟喝杯茶，继续写作。

《呐喊》里的许多小说他就是这样完成的，《狂人日记》《药》《阿Q正传》《风波》《明天》……他认为写小说是不能断的，一断，人物的气就会接不上来。

是的，物质的简陋对于他不算什么，但要让这样一位“我以我血荐轩辕”的人去忍受精神上的贫乏，是万万不可的。那是一种更为深重的心灵折磨，比物质匮乏的折磨深重得多。

他呐喊着，浩茫心事连广宇；他呐喊着，怒向刀丛觅小诗；他呐喊着，血沃中原肥劲草；他呐喊着，在《药》里瑜儿的坟上添一个花环；他呐喊着，在孔乙己的断腿上凝聚一丝怜悯的目光……

从他呐喊得日渐嘶哑的喉头，往下看，看到了一颗心，一颗永远鲜活着的、痛苦而悲悯的心。

载于《青年博览》

鲁迅先生在日本留学的时候便提出“民族劣根性”一词，然后毅然回国踏上救亡的道路。现在来看，一个人的力量虽然有限，但依然可以唤醒沉睡的人们，一传十，十传百，总会收到效果。可如今，我们的社会依然缺少这样敢于呐喊的人。

蔡元培的大方

文/徐　伟

一个人有无成就，决定于他青年时期是不是有志气。

——谢觉哉

1918 年 7 月 6 日上午，在每周例行的校务会上，北大校长蔡元培宣布了一个议题："关于为学生社团新潮社创办刊物划拨经费的问题。"他的话音刚落，就有人朗声问道："您打算给他们多少钱？""他们预算是 1800 元，我计划给 2000 元，以助其办出更有水准的刊物。"蔡校长回答。

这不啻于一声惊雷，台下立刻炸开了锅："校长啊，您也太大方了吧？这群毛孩子本就像一匹匹野马，说不定什么时候就闹出事来。所以，必须将其拴到桩子上，以防伤人。""就是！就是！您要是一再纵容他们，任其撒野，势必小妖精都成了兴风作浪的哪吒，大妖精都成了大闹天宫的孙猴子。这次，您若答应他们，就是助纣为虐啊！"

蔡校长听罢哈哈大笑："大学要培养的就是有思想有作为的人才，而不是循规蹈矩的应声虫。只要他们闹得合理，我们都支持。希望我们的学生多一些哪吒，多一些齐天大圣。"

就这样，在月经费并不充裕的情况下，蔡元培力排众议，给新潮社拿出 2000 元钱创办杂志。这本杂志便是当时仅次于

《新青年》的对青年学生影响极大的《新潮》杂志。而新潮社的组织者傅斯年，后来成了“五四运动”学生领袖之一，担任游行总指挥。

载于《做人与处世》

少年智则国智，少年独立则国家独立。可是这个前提在于有非常先进的思想灌溉这些祖国的花朵，并给予支持。蔡元培先生为我们做出了很好的榜样。

马云的金质沙粒

文/彼岸花香

我们总是将焦点集中在内部沟通，而忘了对外与顾客的沟通。

——麦克法霖

9月19日，阿里巴巴集团在美国纽约证券交易所上市了。出乎所有人意料的是，敲响上市钟声的不是阿里巴巴总裁马云，也不是公司高管或他们的朋友，而是八张陌生的面孔——他们是淘宝产业链8个代表：卖家、买家、客服、快递、模特、农民网商、国外网商、服务商。马云和他的团队则站在台下，为敲钟的客户代表鼓掌。

一家公司把上市最重要的时刻献给了普通的客户，马云到底是怎么想的呢？现场媒体对马云进行了采访："您经过多年的努力拼搏，终于迎来今天成功的一刻，理应接受世界的瞩目。可您为什么让普普通通的客户代表做敲钟人、享受这份尊贵礼遇？"

马云笑着说："普通客户？错了！他们都是金质沙粒。""哦，为什么这么说？"记者好奇地问。"中国有句古话叫'聚沙成塔，集腋成裘'。这些客户就像一粒粒沙子，如果没有他们，阿里巴巴不可能建成今天这样的金字塔，我也不可能站在金字塔的顶尖。所以，阿里巴巴要感谢他们。在未来的日子里，阿里巴巴也要靠着互联网的黏合力，将他们聚合成可以抗击石头的力量。”马云郑重地回答。

马云把客户比喻成沙子，可谓精妙。淘宝上千千万万的客户，看起来是那么渺小、独立、不起眼儿，但马云靠着互联网，将其凝聚在一起建成庞大的商业帝国。马云懂得他们成功了自己也就成功了，因此他一再强调“客户第一”，世人也由此见识了“全球最独特”的敲钟方式。

载于《做人与处世》

一个篱笆三个桩，一个好汉三个帮。一个人的力量终归是有限的，可是如果聚合资源，联合更多的人，集体的力量就会变得无穷。你愿意跟别人分享你的成果吗？

朝着喜欢的方向努力才会成功

文/袁恒雷

人生重要的不是所站的位置，而是所朝的方向。

——佚名

1981 年 6 月 9 日，她出生于以色列耶路撒冷，3 岁后随全家搬到纽约。她有一个幸福的家庭，母亲是艺术家，父亲是名医生。虽然初到美国的他们并不富裕，但父母将全部的心血都倾注在她的身上。

4 岁开始，她便接受舞蹈训练，并在舞团里正式参与演出。10 岁时，一位露华浓公司经纪人邀请她担任儿童模特，但被她婉拒——因为她要全身心投入舞蹈表演。

13 岁时，她在父亲的书房读到了一个剧本，读着读着就被感动得哭了，心里萌生出参演这部电影的想法。但她的父母不同意——认为她年龄尚小，不适合演成人角色。可在女儿的一再坚持下，父母终于同意她去试镜。

起初，导演组并不看好她，但她强烈要求回到镜头前再试一次，总导演吕克·贝松被这个小姑娘执着的精神与惊人的悟性打动了。而她也凭借《这个杀手不太冷》中的这一角色崭露头角，这以后，她开始了边读书边演戏的生活。

1999 年，18 岁的她收到了哈佛大学心理系的录取通知书。当她来到哈佛后，有同学以为她就是一个“无脑的演员”，向她投来不屑的目光。然而事实很快证明他们错了！并不知道她是明星的艾伦·德肖维兹教授不久就发现了她出众的才华——他最欣赏的是她的一篇关于测谎仪的论文，因此艾伦教授让她做了自己的研究助理，师生俩至今仍保持着友谊。

在大学期间，她先后发表了有关婴儿前额叶发展与视觉记忆的论文，以及以近红外线光谱学成像法研究大脑功能的论文。除了在哈佛主修心理学外，她又研习并很快精通了法语、希伯来语、德语、阿拉伯语和日语等五种语言，她又以客座讲师的身份在哥伦比亚大学讲授恐怖主义与反恐怖主义的课程。

经过大学校园文化的洗礼，她的学识与修养更是不可同日而语。虽然她还年轻得有些害羞，但她的头脑已足以让导演和其他的明星表示敬佩；虽然她长得仍有些纤弱，说起话来还充满了青春少女的气息，但她的表达能力却常常让人叹为观止！

在日常生活中，她穿着朴素，戴 3 元钱的耳环，穿普通的运动鞋，存有 40 件 T 恤和 20 条牛仔裤——她不知道这些衣物的牌子。她唯一上心的是手袋，但因为小时候的梦想是当个兽医，所以她 8 岁就开始吃素，成为严格的素食主义者。她说："我从不抽烟喝酒，更不会去尝试毒品，因为美人鱼和天使都不会那样的。"

2009 年，她接拍了电影《黑天鹅》，为了演好这个角色，她坚持了将近一年的魔鬼式训练——每天都要进行 5 ~ 8 个小时的舞蹈和游泳培训。而且还要注重节食——她成功瘦了 20 多斤。编舞的最后关头，她在一个托举动作中因肋骨错位而受伤，却强忍着疼痛坚持训练。她说："对芭蕾舞者来说，这是家常便饭。"

在 2010 年上映的电影《社交网络》中有这样一段台词："哈佛出了 19 个诺贝尔奖得主，15 个普利策奖得主，2 个奥运明星，还有 1 个电影明星。"而她就是那个电影明星——娜塔莉·波特曼。

2011 年，她凭借《黑天鹅》中的出色表演将奥斯卡金像奖、英国影视学术学院奖、美国电影独立精神最佳女主角等一系列桂冠戴到头上，刚刚而立之年的她，便成了世人瞩目的电影皇后。

从最初站在镁光灯下到今天的辉煌成就，昔日的小女孩已经长大，即便纯真依旧，却多了几分成熟女子的自信与风情。她说："我知道我喜欢什么，想要什么，所以我很努力。我是个很稳重认真的人。"

载于《做人与处世》

你是什么样的人，便会听什么样的歌，写什么样的文，走什么样的路。这些事情的相同点在于，都是你喜欢并愿意去做的。所以，既然是你选择的路，那你就该去坚持，因为这是你最热爱的，当然也就更容易坚持！

默默的友谊

文/清　翔

人生贵相知，何必金与钱。

——李白

伟大的友谊是心与心的默契，是默默的，没有半点喧哗。

1990年，高仓健为出席中日电影节访问中国内蒙古自治区，回程经过北京，便和张艺谋有了第一次晤面。在宴会上，有人大声说："张导演和阿健什么时候一起拍电影？"当时，张艺谋很想有这么一次合作。然而，真正实现这一愿望是在14年之后。

蜡烛的光焰是默默的，有人发现毗邻的两支蜡烛，其光焰是相互吸引的，而默默的友谊就是两支蜡烛光焰的相互吸引和聚拢。

2004年，张艺谋为高仓健量身打造了《千里走单骑》，他说，拍摄这部电影是他欠高仓健先生的一个情谊，因为在第一次见面时他曾答应过要为他拍一部电影。其实，在高仓健心中，是他欠了张艺谋的情。

与江利智惠美离婚之后，因心中的痛，高仓健退出了影视圈，决定不再拍摄影视剧。其间张艺谋曾有过两次邀请，都被他婉言谢绝了。这次邀请时，高仓健觉得这个情一定要还，也就破例地答应了，这让张艺谋默默感动。

汇聚起的光焰与光焰，在情感浩渺的深处闪闪发光。按照张艺谋的惯常做法，一个演员当天计划的镜头拍摄完，这名演员便可回酒店休息了。在云南拍摄《千里走单骑》时，第一天下午6点，张艺谋对高仓健说："老爷子，您先回宾馆去。"高仓健却在山地拐角下一直站着，副导演一见，赶紧去劝，高仓健说："导演和全体人员都在这儿工作，我怎么能走？"

副导演见劝不动，又说，"那您就去拍摄的地方休息，那儿有饮水，有椅子。"高仓健说，"那样不好，会打扰你们工作的。"就那样，他在山地拐角处站了3个小时，一直到9点钟，全队工作人员上了汽车，高仓健这才远远地给大家鞠一个躬，然后徒步走回旅店。

让高仓健先拍摄完，当然是出于张艺谋对高仓健的一份尊重，也是因为一份情谊。但高仓健非常珍惜这份情谊，每天总默默地站上3个小时。要知道，高仓健此时已73岁，且已工作了一天。

是什么让一颗星辰硬要背起一个个黄昏？是因为他将友谊看得比泰山还重。高仓健对情谊的看重让张艺谋越发不敢有丝毫疏忽。

一天，太阳很大，云贵高原紫外线特别强。张艺谋派了民工小徐给高仓健打伞，可高仓健说什么也不要。张艺谋说："老爷子，这不是照顾您，我是怕你的脸被紫外线晒了，跟前面已拍好的镜头接不上。"高仓健这才同意，小徐给他打了3天伞，高仓健硬是将手上戴的一块手表摘下来送给了他。那可是价值好几万块钱的表，这自然是为了感谢小徐，但也是在向张艺谋表明：两人间的友谊是无价的。

尽管高仓健在拍摄《千里走单骑》时吃了不少苦，可他说："我在拍摄这部电影时是感到非常快乐和幸福的。"他对这样的快乐幸福时刻也没有忘记，总想着要回报。

在北京奥运会开幕前，高仓健终于找到回报的机会了：他专门给张艺谋打了一把刀。“红粉送佳人，宝刀赠英雄”，在高仓健心中，张艺谋不仅是他最好的朋友，也是中国影视界的一位大英雄。为了体现他们的友谊是极为珍贵的，这把刀的锻造和制作者全都是日本国宝级的工匠，足足用了一年的时间才打造完成。然后他悄悄买了机票，给张艺谋专程送到北京奥运开幕式的工作中心。

这还不够，为了祝愿开幕式成功，回到日本后，高仓健便去一个寺庙为张艺谋祈愿，为中华祈愿。当时东京正下着大雪，高仓健以近 80 岁的高龄，凌寒驱车几个小时赶到郊外。到了寺庙，高仓健特意让住持清场，老和尚带着一群僧人与高仓健一个人站在寺庙中，直到一个半小时的祈愿做完，他又开了三四个小时的车回到家。所有这些，他都是在日本默默做的，后来有人把这一祈愿的事告诉张艺谋时，他被感动得默默流泪。

太多的感动会让为之感动的人和事耸立成精神的碑石，由于高仓健对友谊的珍惜和尊重，对人非常真诚，以及他在演艺事业上的建树，他也受到日本国内民众广泛的敬重。

一次，高仓健和张艺谋坐在一个大堂酒吧，酒店的客人认出了高仓健，他们也不打扰他，只是在他出门离去时，在离他 50 米的大堂门口给他默默鞠躬。不过一会儿，给高仓健鞠躬的就有四五十人。

还有一次，有一个日本导演给高仓健拍摄纪录片，这位导演礼拜天在家带孩子，突然电话铃声响起。一接听是高仓健，这位导演受宠若惊，放下电话眼泪哗哗直流。

一般日本人都把高仓健看作是一个神，是日本国宝级的人物，是日本民族精神的代表。可为了情谊，高仓健只把自己当作普通人，连拍摄完自己的镜头提前回到旅馆休息，也认为是不该有的特殊。

默默的友谊宁静而深邃，有一次，高仓健被问及什么是人生的幸福时，他回答说："当触摸人的善意和温情的时候。" 友谊是默默的，对他人默默付出自己的真诚，且时刻在触摸别人的善意和温情。默默中，也就让自己的人格德操成为一种旷世绝唱。

载于《山东青年》

人生离不开友谊，但要得到真正的友谊并不容易。友谊需要用忠诚去播种、用热情去灌溉、用原则去培养、用谅解去呵护。

执着的刺客豫让

文/claa

臣心一片磁针石，不指南方不肯休。

——文天祥

三次跳槽找伯乐的豫让

豫让是侠士，他的祖上都是晋国有名的侠士。但豫让的运气显然没有自己祖上的人好，不要说扬名，就连想找到一个赏识他、重用他的人，都显得异常艰难。

最初豫让是范氏的家臣，范氏只当他是一个身手不错的普通侠士，导致豫让并不受重视，这让他整日郁郁寡欢。后来因为范氏和中行氏关系不错，豫让就跳槽到了中行氏家里工作。然而他在中行氏受到的待遇并没有比之前有所改善，始终默默无闻。直到范氏和中行氏因为攻打同为六卿的赵氏，反被智氏（六卿之一）等三个氏族打败后，豫让才再次换了东家，到智伯瑶家中做事。

这一次，幸运之神眷顾了豫让，他终于找到了自己的伯乐。智伯瑶对他很尊重，以国士的礼遇对待他，每每遇到难以抉择的事情，都会向豫让请教，并且认真考虑豫让给出的建议。主臣之间关系也很密切，智伯瑶自己有好吃好穿的时候，都不忘也给豫让送去一份，做到“有福同享”，让豫让好不感激，发誓誓死也要为他尽忠。

报恩刺客玩潜伏

然而好景不长，智伯瑶野心膨胀，一意孤行要向赵襄子（六卿之一）发难，却被赵襄子与韩、魏合谋给打败了。智伯瑶不愿苟且偷生，投水而死。赵襄子因为之前就和智伯瑶有过节，不甘心没能亲手杀死他，而做出了侮辱其尸身之事。

当时在石室山的豫让眼睁睁看着智伯瑶战败身死，却无法挽救，悲愤交加，决定为智伯瑶报仇，刺杀赵襄子。于是他改名换姓，怀揣锋利匕首，潜入赵襄子的家中，伪装成扫茅厕的下人，伺机动手。

原本在茅厕伏击胜算极大，但赵襄子的第六感竟然出奇的强，走到厕所门口的时候居然心中一跳，感到不妙，就让人把厕所里里外外搜查了一番，抓住了豫让。

赵襄子盘问他：“你为何怀揣利器，藏匿在这里？”

“我是智伯瑶的家臣！你杀我主上，侮他尸身，是可忍孰不可忍！智伯瑶对我有知遇之恩，我必须杀你以告智伯瑶在天之灵！”豫让怒发冲冠，言辞慷慨。

赵襄子见其甘冒杀身之险也要替主上报仇，很是感慨：“您是义士啊！我放您离开。”

“我为智伯瑶报仇的心绝对不会动摇！这次你放我走，下次我一样会来取你性命！”豫让走之前留下了这句话。

回到家后的豫让听说赵襄子去了晋阳，就又追去。他知道自己已经暴露过一次，还需乔装一番才能掩人耳目。于是他给自己换了个发型，变了个声音，还把自己打扮得丑陋无比，最后连来寻找他的妻子都认不出他来。

对于这样的效果，豫让很满意，接着他就摸准了赵襄子的行程，提前埋伏于一座桥下，就等赵襄子过桥，杀他个措手不及。

刺衣报仇的执着刺客

豫让潜伏了一段时间后，赵襄子果然出现了。但要过桥的时候，赵襄子的马突然受惊，帮了它的主人一个大忙。赵襄子怀疑有人要行刺，又派人搜查了一遍，果然从桥下揪出一名刺客。在盘问之后，面目全非的豫让承认了自己的身份。

“我不明白，您不是也曾经侍奉过范氏、中行氏吗？智伯瑶把他们都消灭了，都不见您替他们报仇，还投奔了智伯瑶。现在却肯为了智伯瑶不惜代价找我寻仇，这是什么道理？”赵襄子不解。

豫让双目一瞪，理直气壮地说：“范、中行氏是把我当作普通人对待，我也把他们当作普通主上对待。然而智伯瑶却当我是国士，赏识之恩，厚待之情，怎么能不报答？为了给他报仇，让我死千万遍都不犹豫！”

“我敬佩您的精神，但放虎归山的事情不能再做第二次，所以这次我不能再放您走了！”赵襄子下令将他围住。

豫让自知必死，却仍然不忘替智伯瑶报仇：“我还有个请求，请您把衣服脱下一件，让我刺上几剑，权当报仇了。这样我到了九泉之下，才不愧对智伯瑶啊！”

赵襄子被他的忠心感动，将自己的衣裳递给豫让。豫让拔出宝剑多次跳起来击刺，接着仰天大笑，伏剑自刎，慷慨赴死。

而赵襄子感慨豫让的忠义，遂将那座桥改名为“豫让桥”，以纪念他的义举。

载于《知识窗》

当年关羽深陷曹营，被曹操重礼厚爱，可关羽依然带着嫂夫人离开曹操去寻找自己的结义大哥，这就是“忠义”。古今中外有多少好汉因为“忠义”二字而被后世铭记；也有多少人为了利益背信弃义，做了小人。

陈忠实的三大爱好

文/姚秦川

学问必须合乎自己的兴趣，方才可以得益。

——莎士比亚

由陈忠实原著所改编的同名电影《白鹿原》已经在全国各地热映，获得了票房口碑大丰收。这部史诗般的巨著从一开始的横空出世，到获得矛盾文学大奖，再到如今天改编成同名电影，十多年来一路走来，经历过无数的辉煌。同时，更不知有多少读者被这部文学巨作所倾倒。

而它的原著作者陈忠实先生，不管是当初获得矛盾文学大奖，还是如今同名电影的热映，都始终保持着一个文学大师特有的从容淡定、深邃沉稳。

由于职业的原因，笔者曾多次采访过陈忠实，再加上他的老家离我的老家并不远，所以，每次采访陈老师，总有种近水楼台先得月的优越感。不过话说回来，陈老师对待每一个采访他的人，不管是知名媒体还是一些不起眼的小报，若是手头刚好没事，一定有求必应，一视同仁。

偶尔，接到采访电话，抽不出空，陈老师一定会在电话里抱歉地表示，等他忙完手头的活，一定挤出时间，将对方派给的“任务”保质保量地完成。

说实话，私底下，我和许多同行都谈到过陈老师接受采访时的态度，认真、严谨、亲和，没有一点大人物的架子，让许多采访者打心眼里佩服陈老师为人处世的态度和风范。

采访次数多了，也就知道了陈老师的一些爱好，这些爱好，用陈老师的话讲，“一辈子也改不了”！

陈老师最大一个爱好就是看足球赛。套用一句台词，“不是一般的爱，是相当的爱”。

当初，陕西还有自己的球队国力队时，包括陈老师在内，许多人都是国力队的忠实拥趸。我不敢保证国力队的每场比赛陈老师都会收看，因为陈老师是个大忙人，不可能有太多的空闲时间。但我敢保证，只要有机会，陈老师一定会坐在电视机前观看国力队的比赛。

每次球赛一结束，陈老师的手机就会变成热线电话，包括记者球迷们，都想听到陈老师第一时间对比赛的评论。有一阵子，我所在的报社在韩日世界杯期间，邀请陈老师开设足球专栏，陈老师爽快地答应了。

那一段时间，陈老师观点独到的评论吸引了众多粉丝的关注。许多人在侃球时，时不时地会提到，陈老师在报纸上如何如何说，可见陈老师的足球见解有多高。

陈老师的另一个爱好就是喝酒吼秦腔。

陈老师嗜酒且有名气，他几乎是每晚都要自斟自酌，菜不在好，有酒就行。写作顺的时候，要喝酒，不顺的时候，也要喝酒。他在接受采访时曾说：“当年写《白鹿原》，第十二章是全书的‘大关口’的第一章，写闷了，我就拎一瓶烧酒爬到原坡上去，一个人坐在地上喝酒。方圆几里没一个人，喝醉了也没人知道，啥都不想了，连小说也不去想它了……那是一种心态，一种完全超越了人世间荣辱与得失的心态。”

而在喝完酒后吼上几句秦腔，常常是陈老师的“保留节目”。他觉得它可以加强胸廓肌肉的力量，与游泳、划船有异曲同工之妙。陈老师认为吼秦腔能解除脑部疲劳，还可调理身体气血运行，利于新陈代谢和血液流通，对健康大有裨益。

陈老师的最后一大爱好是抽雪茄。

熟悉陈老师的人都知道，他的烟瘾很大。陈老师曾在一次接受我的采访时透露，他烟龄有近 50 年了。不过他很少抽纸烟，觉得那种烟抽起来没味道。他说他最喜欢抽农民种在地里的那种旱烟，那种烟抽起来过瘾，有劲，抽一口浑身舒坦。

慢慢的，由于当地种烟叶的农民越来越少，旱烟也就越来越难买到了。陈老师便开始买一些雪茄回来抽，雪茄当然也有便宜贵贱之分。但陈老师表示，只要烟味道合口，就是最便宜的雪茄他也喜欢抽。

有次，在面对面接受我采访时，中间，陈老师忽然一副欲言又止的样子。我赶紧问他是不是有什么要事要做，陈老师有些不好意思地对我说道，烟瘾来了，我又知道你不抽烟，怕呛到你。所以，想到外面抽上几口。

那一刻，我忽然万分地感动！

一位大师级的人物，对待我们这些无名小卒，总是站在对方的立场上思考问题，同时设身处地地为对方着想。这看似一个不起眼的小细节，却让我真切地感受到了陈老师平易近人、亲切随和的大家风范。

载于《意林原创》

每个大家都跟平凡人一样，他们其实就是平凡的人，有着自己的爱好，有坚持的梦想。而我们一旦接近他们，就会被他们的光芒照亮。

达仰的教诲

文/侯拥华

科学的未来只能属于勤奋而谦虚的年轻一代。

——巴甫洛夫

1920年冬天，在法国留学期间的一次茶会上，徐悲鸿有幸结识了法国当时最为著名的大画家达仰。当时，徐悲鸿只是一个初到法国学习美术的留学生，而达仰却是法国画坛的泰斗，初见大师，徐悲鸿自然激动不已。作为初出茅庐的晚辈，他表达了自己的仰慕之情，并迫不及待地向大师提出了拜师学艺的请求。

面对这个态度诚恳、情真意切的东方才俊，喜欢提携后人的达仰，爽快地应承下来。那次他们交谈甚欢，达仰还不忘告诫他：学美术是很苦的事，不要趋慕浮夸，不要甘于微小的成就。临走时，达仰将自己的家庭地址留下来，并极为真诚地对徐悲鸿说，你每个星期天都可以来我的画室学习作画。

此后，只要徐悲鸿身在巴黎，每个星期天的早晨，他都会带上自己的作品到希基路65号老师的画室，向老师请教。达仰亦师亦友，倾尽全力地对他进行学业上的指导。

留学期间的求学生涯是极其艰苦和枯燥的。为了节约开支，徐悲鸿甚至连续几周只是以面包和冷水充饥，学业上尽量不画耗材费用很高的油画，而是把重点放在了费用偏低的素描上。请不起模特他就画妻子蒋碧薇，有时还对着镜子画自己。有一次，去参观法国全国美术展览，沉迷于艺术之中的他在展览馆里流连忘返，一天都没有进食。黄昏的时候，走出展厅，天降大雪，可他只穿了一件单薄的衣服，冻得瑟瑟发抖。

又冷又饿的他跑回家中，赶快冲了一个热水澡以此驱走身上的寒气，没曾想，从此落下了终生不愈的肠痉挛病。他常强迫自己忍痛作画，现存的一幅素描上就写着这样一句话："人览吾画，焉知吾之为此，每至痛不支也。"

到了 1921 年，因为国内时局动荡，北洋政府中断了留学生的生活费，徐悲鸿夫妇只好被迫来到消费较低的德国柏林继续求学。这期间，因为喜爱伦勃朗的画，他便去博物院临摹，每天都持续画 10 小时，其间连一口水也不喝。特别在临摹伦勃朗第二夫人像时，他下了很大的工夫，觉得略有收获，但仍不能用在自己的作品上，于是更加努力。

1923 年的春天，一度中断了的助学金又开始发放，徐悲鸿这才从柏林回到巴黎。苦难困顿的生活和艺术技艺的徘徊不前，让他难以忍受，在看望老师达仰的时候，他道出了心中的苦闷。

达仰看着他困惑的表情，没有正面回答，而是极为平静地给他讲述了这样一件事情。他说："在法国 19 世纪有个名画家叫穆落托，可以说是个天才，凭着他的才华，本应能成为最出色的艺术大师。但是，他最终却没能达到达·芬奇、米开朗基罗、拉斐尔这些一流艺术大师的高度。这是为什么呢？原因是他在艺术道路上没有经历过苦难。伟大的艺术家都有着坚韧的毅力和为全人类奉献的愿望，而没有经历过苦难的人，往往就会缺乏这种远大的抱负。"

达仰洞若观火无比深邃的思想，仿佛是黑暗中亮起的一盏明灯，一下子照亮了徐悲鸿内心灰暗的世界，使他在迷惘的人生十字路口重新看到了生活的希望。听完老师充满着人生智慧的教诲，徐悲鸿忽然有种醍醐灌顶的觉醒，重新激发了他在困境之中奋起前行的热情。

后来，徐悲鸿把苦难作为知己，以苦难为精神养料，终于成长为蜚声海内外的大师级的画家。在导师达仰身上，他不仅学到了成为艺术大师必须具备的艺术修养，还学到了极为珍贵的人格修养。

多年以后，功成名就的徐悲鸿仍念念不忘恩师的教诲。想起恩师，他总也忘不了当年分别的情景。面对即将天各一方的老师，他不胜感激，极为真诚地说："今生除了父亲之外，教诲我最多的就是达仰先生了。"

载于《意林作文素材》

一个人应当有谦卑的素养，对人生怀有感恩的心，这样别人才会被你的真诚感染，从而遇见改变自己一辈子的贵人。

林非读书兴趣探源

文/思想者

书籍是青年人不可分离的生命伴侣和导师。

——高尔基

人，所好各异，兴趣迥然。有的人对吃喝玩乐感兴趣；有的人对声色犬马感兴趣；有的人对权钱名利感兴趣；有的人对琴棋书画感兴趣，等等，不一而足。

然而，著名学者、散文家林非却对读书情有独钟，并怀着浓厚、持久的兴趣。他读书，并不像有些人那样三分钟热血，或是一曝十寒，而是从髫年读到耄耋之年也不厌倦，至今依旧读得津津有味，还想不断地扩展自己的知识领域。

于是，我们不禁要问，林非的读书兴趣从何而来？在与林非多年的交往中，我有幸找到了答案。

据林非先生说，他之所以对读书感兴趣，离不开母亲长久的言传身教和督促鼓励，母亲希望他一辈子都好好地读书，成为一个有用的人才。

林非的母亲出生在一个恪守礼教的乡村秀才家庭，从小就知书识理。林非曾听不少长辈的亲戚说起，他的母亲在私塾里念书时背诵和理解课本的能力，远远超过了同班的许多男儿。林非依然记得，在他小时候，母亲就时常给林非背诵他喜爱的诗句：“人行明镜中，鸟度屏风里。”

我曾读过林非写过的一篇文章《母亲的爱》，在文中他谈到，父亲因经营的药铺和作坊纷纷倒闭，家道衰败得厉害，无力供林非上学，所以打算让他去上海的一家贸易公司当练习生以此来贴补家用。可是，林非因为从小受到母亲的影响，一心一意只想上学。父亲见他这样不听话，气呼呼地从椅子上跳起来，高扬起手臂，想狠狠地揍他一顿。

这时候，母亲听到他的哭叫声，赶快从卧室里奔过去护住儿子，气愤地朝着他父亲说："你毁了我一生，不能再毁掉我的儿子，得让他继续上学！"母亲哭着从口袋里掏出手绢，擦干了林非脸上的泪水，抽噎着嘱咐他说："妈就是因为从小辍学，不能独立谋生，只能依靠他人，受尽摆布。以后的日子哪怕再困难，也得送你去上学。"

当时，林非本想留在母亲的身边照顾她，等在家乡读完高中之后再去上海考大学。可是，母亲坚决不同意，说："大丈夫志在四方，怎么能畏畏缩缩，做一个没有出息的人?"

除了受母亲的教育、培养、引导和鼓励之外，林非之所以对读书感兴趣，还有一个根源。林非曾写信告诉我，"由于家庭的衰败，一种危机感促使自己要通过读书，来获得自立于人世的资格。"

林非的父亲因在外娶妾，开销过大，便再也不像从前那样关心他们了，他把全家人扔在一边，母亲只得领着儿女孤苦伶仃地过活。

林非在一篇文章中这样写道："记得在一个寒冷的冬夜里，我突然从睡梦中惊醒，听到母亲在低声地啜泣。这像游丝一般轻轻飘荡的哀音，在我耳中竟犹如响起惊天动地的霹雳。"

林非父亲做出的这种不负责任的行为，不仅极大地伤害了林非的母亲，还使少年的林非感到从未有过的苦恼和困惑，心中充满了忧郁，他变得愈发敏感了。只要瞧见大人和孩子们斜斜地瞪着眼睛，咬着耳朵说悄悄话，林非就会以为是在议论他。家庭的变故以及周围发生的诸多悲剧，让林非不由得思索起来，这世间为何充满了悲剧的命运？人生难道真是痛苦的深渊吗？应该怎样面对这冷酷的现实？

为了寻找到答案，他躲在屋子里翻起书来。书中那些精彩的内容好似天光云影一般映入林非的眼帘，让他兴奋并且着迷得流连忘返。读书使林非暂时忘记了烦恼，体验到了其中的乐趣，让他的内心感到异常的丰富和充实，还懂得了宇宙人生的一些奥秘。

母亲的爱化作绵长持久的力量激励着林非在书山上攀登，在学海里泛舟，并乐此不疲。而对于人生的思考，又促使他试图通过读书获得新知，直至求索生命的真谛。正是由于这两个原因，林非才萌生了读书的兴趣，并把读书作为他一生的追求，矢志不渝，因此，林非才能在读书的道路上愈走愈远。

载于《疯狂阅读》

我们试图感知这个世界，是从母亲那里开始的，可是让我们变得充满智慧，却又从读书开始。那么，知道怎么做一个优秀的人吗？那就是充满爱，然后多看书。

淡定的人生更美

文/雪　子

一个人的自信心来自内心的淡定与坦然。

——于丹

老子曾说过“物壮则老”和“功遂身退、天之道也”，所以“月圆则亏、月亏则圆”，人也该如此，不然为何富可敌国的沈万三和兵仙神帅的韩信均遭人妒忌，被迫害而死？

元朝中叶，旧名贞丰里的周庄，只是个名不见经传的小村落。江南富豪沈祐却看中了这块风水宝地，由湖州南浔迁徙至周庄，周庄一下子银光四射。而沈祐之子沈万三是个理财高人，他又把周庄变得金光四射，富可敌国。这下，引得皇帝朱元璋狮子大开口，沈家富得让他动了杀人之心，想把传说中的聚宝盆占为己有。

财大气粗的沈万三除筑洪武门至水西门的城墙外，还献有白金二千锭、黄金二百斤、甲士十人、甲马十匹，建南京廊庑、酒楼等。在建筑城墙时，督军刁难，不得已沈万三犒赏三军，富气也减去了大半，还让朱元璋心生猜忌。多亏马皇后和大臣们多次善意劝阻，才没有被杀，但还是落得充军发配、客死他乡、偷埋水中的悲剧。

悲剧却没有停止，明洪武十九年（1386年）春，“兄至以户役故，缧赴秋官时伯熙亦获戾京师，适与兄同系狱”（《周庄镇志卷三·冢墓》)。沈万三三子沈旺的两个儿子沈至、沈庄(伯熙)又为田赋坐了牢,伯熙当年就死在牢中,后移葬于周庄杏村。洪武三十一年(1398 年),沈万三的女婿顾学文一家及沈家六口,近八十余人全都被杀头,没收田地,沈家遭到灭顶之灾。

其间还殃及整个周庄,差点血流成河。

无独有偶,这样的悲剧同样也发生在汉初三杰之一的韩信头上。

韩信,西汉开国功臣,中国历史上杰出的军事家,为汉朝的天下立下赫赫战功。但因为功高盖主,遭到汉高祖刘邦的疑忌,最后以谋反罪处死。

韩信早年家贫,常从人寄食,钓于城下,在漂母的“一饭之恩”和激励下离开故里。登台拜将,平定三秦,建立了卓越的丰功伟绩。一切的一切证明了韩信不愧为一位志吞山河、气概天地的乱世英豪。

然而“物壮则老”是世界万物的必然规则。拥有聚宝盆的沈万三因为太过招摇,遭到朱元璋的忌恨,欲杀之而后快;韩信功高盖主,大建故里,被认为意欲谋反,落得身首异处、让世人惋惜的结局。

而范蠡在帮助勾践打下江山后,立刻功成身退,不得不说是一种睿智的选择。如果他张扬自我、妄自尊大,那么,早晚也会成为勾践的刀下之鬼。

财大不能气粗,居功不能自傲,为人低调、从容淡定是做人的基本原则。

东汉名将冯异,是汉光武帝刘秀手下的杰出帅将,战功赫赫,却低调做人。每次战役结束后,论功行赏时,他都坐在树下读书,把封赏让给部下,人称“大树将军”,深受将士爱戴。

低调者波澜不惊、心静如水，用对人生本质的渴望与追求遮盖了身上巨大的光环，在自己的生活领域内过得踏踏实实。这样的人生之路更长、更美。

载于《初中生之友》

看天上云卷云舒，荣辱不惊。人生最好的状态是到什么阶段，便去做什么样的事，不妄想、不过分索取。

失意不失艺

文/段奇清

技能强于力量。

——托·富勒

宋保罗6岁学艺，7岁便开始在北京登台献艺，一下子轰动了整个京城，被称为“神童”。8岁和名角孟小冬等同台演出，15岁自组戏班，巡演中原，人称“宋老板”。

正当红火，即在1933年，宋保罗因劳累过度倒嗓了。不能唱戏，总得有一个谋生的手艺。一番思考后，从小爱好画画的他开始学画。宋保罗礼貌谦恭，虚心求教，先后得到张大千、齐白石、于非音、陈半丁等著名画家的指点亲授；他还学习刻章治印，齐白石、徐悲鸿、李苦禅、张大千、孔祥熙、梅兰芳、陈潜、周信芳等人都是他的顾客；他还与徐悲鸿合作了《春回大地》一画，这些使得他在画界崭露头角。更为幸运的是，20多岁时嗓子恢复，他选择了回归演艺界。

解放后，宋保罗成了浙江京剧院的台柱子。1962年12月26日是毛泽东的生日，这天凌晨，他为毛泽东演出了自编的私房戏《朱奋卖画》，不仅唱腔悠扬悦耳，凭着精湛的绘画技艺，还边唱边画。那天他唱着二黄原板，手中挥毫泼墨，见此，毛泽东情不自禁地从沙发上站起来，走到他的身边为他鼓掌。

他画的是公鸡，因受到极大鼓舞，以往唱八句才能将公鸡画好的他，这次只唱了四句，一只雄壮英武、栩栩如生的公鸡就从他的笔端流泻而出。毛泽东顿时赞扬道："画得好，用笔很准!"宋保罗用小笔题上"敬献给毛主席"，毛主席十分高兴："你可以写上一句'一唱雄鸡天下白'嘛!"当天，就有不少报纸登了赞诗："画笔纵横铁笔工，高歌一曲锦鸡雄；美髯飘拂神仙到，仰看菊坊不老松。"

从 1958 年到 1963 年的六年时间里，宋保罗曾多次为毛泽东、叶剑英等领导人表演。2005 年的戏曲春晚，宋保罗又一次高歌泼墨，作了《雄鸡贺鸡年》，赢得观众的连连喝彩。

人红了难免遭人妒，1967 年，有造反派在南京图书馆发现了一张旧报纸，头条是蒋介石在舞台上和宋保罗握手的照片，照片上还有宋美龄、何应钦、陈诚和美国将军马歇尔。这是庆祝抗战胜利的一场表演，蒋介石亲往观看时拍下的。厄运降临了，罪名是"历史反革命"。毛主席知道此事后，关怀保护了他，拨乱反正时，叶剑英亲自为他平了反。宋保罗 90 多岁依然登台，被评为全国百佳健康老人。

"倒嗓"没能让他倒下，一个人难免有失意的时候，但失意不可失艺。宋保罗的一生，正诠释了这句话的真谛。

载于《语文报》

无论处于何种境地，都不应该放弃自己赖以为生的技艺。

第三辑

总统的守身如玉

倘若女人为情守寡一世，可谓守身如玉，那么，他这悲凉的一生，又何尝不是？这位痴情六十年的男子，乃是美国的第 15 届总统詹姆斯·布坎南。而这位让他魂牵至死，并让其走到政坛顶峰的女子，名叫安尼·科尔曼。

烂名字却很灿烂

文/奇　清

概念的变化伴随着人生的现实变化而生。

——奥铿

“烂”，这个字彰显着对立统一。它有两种相反的意思，一是“不好”，如那人很烂；一是有光彩，如灿烂。其实，许多事情的“光彩”就包含在“不好”中。

在一些人眼中，马云是一个为公司起名字的高手，因为“阿里巴巴”“淘宝”“天猫”，无不是绝顶地好。有些人也就常常请马云替自己新创建的公司取名字，这时马云往往会笑呵呵地说：“你要是不怕挨骂，我可以为你效劳。”于是，他给人讲了“天猫”这一名字的来历。

当年淘宝商城要换一个名字，马云的伙伴们都一起让自己的脑子转动起来，一时间有好多个名字汇集到了马云的案头，比如“宏达”“天诚”什么的。但马云觉得这些名字不是太正统，就是太直接，想象力不够丰富。

那天晚上，马云在家冲凉，家里的小花猫突然“喵喵”地叫起来，想到“天诚”这个名字，他的眼前不禁一亮，“天猫”二字闪现在脑际。兴奋异常的他忍不住打电话告诉伙伴们，电话中传来的却无不是反对声：“太土老帽了！哈哈，太‘土老猫’了！”

马云思忖：“这名字八成要成了。”第二天，他到办公室一说，几乎所有的人都摇头，有人说："这是一个什么古怪的名字?"马云窃喜，既然人人都讨厌这个名字，就说明这个名字独特。名字本没有意义，叫的人多了也就有意义了!

马云认为伙伴们骂，办公室的人骂，公司的人骂，这还不够，要是向社会公布，引起"骂声一片"，这个名字就响亮了。他不顾公司人员的普遍反对，利用自己的"淫威"向社会推出了"天猫"。

果如马云所料，网民们都对这个名字"大肆开骂"了，结果骂的人越多，传播得越快。先是"天天骂"；四天后，便有人开始为这个名字叫好了；五天后，许多人都说"天猫"这个名字太有意义，太有文化内涵了；甚或有网民说："因为'天猫'这个名字，我忍不住上去'天天瞄'。"

2014年9月19日晚，阿里巴巴正式在美国纽交所挂牌交易，马云成为中国首富。11月20日，马云在浙江乌镇出席首届世界互联网大会，在演讲中他说："今天，也许我公司市值很大。但15年前大家都认为我不靠谱，公司不挣钱，想法又怪异，那时候别人说我很烂，其实我知道，没有那么烂；今天大家说你那么强，其实我们也没那么强。当别人认为你无所不能时，显示你的危险已靠近。"马云这一番充满着哲理与思辨的话，道出了他成功的奥秘。

想法别致，向世俗与保守挑战，且能清醒地认识自己，别人认为你的"烂"，它恰恰是你独辟蹊径，一条通向灿烂的光明大道。

载于《当代青年》

有时候"烂"，是为了更好地接地气，看似俗气，实则高雅。

郎咸平：信念的力量

文/范文超

信念是鸟，它在黎明仍然黑暗之际，感觉到了光明，唱出了歌。

——泰戈尔

他出生于中国台湾桃园县，父亲是国民党空军少将，母亲是名高中教师。18 岁那年，他考进了台湾东海大学经济系。虽然他很喜欢经济学，可由于数学偏科，导致他的学科成绩不甚理想，他就那么吃力地跟着。

不久以后，有位在美国颇有名气的微观经济学家来校做学术报告，这位教授在讲座中阐述了许多最新的经济观点。

坐在台下的他虽然不能全听懂，但仍认真地听着。直至教授离开学校后，他都在反复咀嚼着他刚刚分析过的问题。他很想把自己思考出来的想法与教授交流，无奈教授已走，他便打开电脑按照教授留下的地址发了封电子邮件。没过几天，他惊喜地发现教授回复他了，虽然回复很短，他却一口气连着看了好几遍："一个年轻人有如此的激情，你将来一定可以成为一位伟大的经济学家！"

坐在电脑前的他备受鼓舞，于是本科毕业后他又考取了台湾大学经济学研究所的硕士。可他读得仍是很吃力，研究所毕业后，他没有继续考博，而是按照导师的指引，去了一些银行应聘。本来满怀信心的他却屡屡碰壁——没有一家银行要他。他感到非常失落，此时他又想起美国教授的鼓励："我将来一定可以成为一位伟大的经济学家，别说是他们没有录取我，即便是来求我，我又哪能这样委身于他们呢？"

于是，27 岁那年，在母亲的信任和大力支持下，他决定赴美读研究生。在 2400 分的 GRE 考试中他考了 1640 分。结果，只有宾夕法尼亚大学沃顿商学院肯录取他。这家学院之所以肯要他，是因为他们开设了商业经济系，这是第一届招生——全世界还没几个人知道这个系呢！因为报考的人特别少，他被破格录取了进来。

开学后，他的软肋再次昭显，系主任和教授对他的成绩很不满意，让他参加微积分资格考试，可他害怕的正是有关高等数学的考试，所以百般请求不去参加考试，但对方显然不打算妥协。

关键时刻，他打听到金融系免试微积分。他马上找到金融系主任请求转系，并声称自己对金融很感兴趣。系主任说只要你自愿就行——表示同意他的转系申请。而后，他开始进入金融系学习。

有句话是这样说的："世界上没有无用的东西，只是放错了地方。"他是幸运的，在迷途当中及时调整了航向——进入金融系后他如鱼得水，许多困扰他许久的问题一个个豁然开朗，而他对世界经济的认识也一步步加深。获得金融学硕士学位的第二年他就攻下了金融学的博士学位，随即被纽约大学聘为助理教授。

1990 年，他发表了篇题为《美国的破产制度》的论文，这篇论文自问世起，20 多年来在全世界发表的金融财务学论文中排名第一。而在全世界论文引用率最高的 28 篇公司财务论文中，两篇为他的论文。

论文的作者叫郎咸平，现任香港中文大学首席讲座教授。自他回到祖国十几年以来，他本能地站在中下层人民一边，为民代言、披露现实、大胆建言，在反腐败、中国经济、房地产、中国教育、大学生就业等社会热点问题上，都有全面深刻的解读和客观实际的建议。2010 年 12 月，他与于建嵘等人被 30 多万网民自发评为“中国互联网九大风云人物”，被称为中华民族的优秀子孙、中国底层民意的真实代表、中国最有良心的一批文人。2011 年 12 月，又被广大网友誉为“公共知识分子”的代表。

而支撑郎咸平一步步走到如今取得巨大成就的信念就是当初美国教授的那封信件。即便后来他们二人在一次会议上偶遇，美国教授说那不过是对任何一位“粉丝”的客套。但无疑，信念的力量促使郎咸平一路走到今天。正如他自己所说：“我能有今天，其实是因为我在收到那位美国教授回信后的多年里，一直都以为他说的话是真的。”

载于《山东青年》

纵使身心疲惫，心力交瘁，但是对于未来依然坚定执着。这便是信念的力量。

朋友是“明里较劲儿”

文/段功蔚

看你的朋友，就可以知道你是什么样的人。

——米格尔·德·塞万提斯

友谊真好，知道有人在爱惜自己，在别人的生活中、脑海里有着自己的位置，这样的感觉往往是奋斗的力量源泉。

如何可以与朋友加强这种生活的力量和幸福感，只要有心，就能如愿以偿。很多时候，朋友会是竞争对手，在明里较劲儿这就是“有心”，因而会让你力量无穷。

从念大学开始，陈坤和赵薇就是好朋友。有人说，他们成为朋友是“一起讨论”来的，不，很多时候不是“讨论”，而是在吵架。可以说他们的常青友谊之树，是在吵架中成长起来的。

由于谁也不用顾及对方的态度，讨论着，双方的声调就高起来了，火药味越来越浓烈，于是开始激烈争吵。他们在讨论或争吵时，并不顾及周围其他人的态度。如在拍摄《花木兰》时，只要有空两个人就凑在一起讨论起来。

在别人看来很“无聊”的东西，他们却都能滔滔不绝地说下去，说着，又变成唇枪舌剑。怕沾上“火星子”，周围的人避之唯恐不及。又如在拍摄《画皮》时，那天，他们又凑在一起谈表演的问题，对艺术进行探索。谈着谈着，如拨云见日，为心中的疑惑扫去而眉飞色舞。

随着问题的不断深入，又有新的疑云布满心头。“三时大笑开电光，倏烁晦冥起风雨”，接下来，便有一个观点不合，一个说：“这个不对，你懂个啥?”另一个也针锋相对：“你说得一点也不对，你懂个啥?”吵着，一个拍起了桌子，谁甘示弱？另一个也拍了一下桌子。

大家没见过这样的阵势，全都吓跑了，黄岳泰被吓走了，孙俪也被吓走了，好多人都被吓走了。就剩他们两个人，电闪雷鸣，龙争虎斗。

时候不早了，导演高声说：“请各位回家!”他们上了各自的休息车，还没坐稳，就开始互相发信息：“啊，没事吧?”“没事!”霎时风停雨歇，云开日出。

第二天，黄岳泰和孙俪还以为他们已割袍断义地绝交了，结果看到他们俩没事人一般。黄岳泰说：“哎呀，我头晕!”孙俪说：“啊，我也是!”“你们头晕是你们自个儿的事，可我们从来都是船头吵架船尾和好。”赵薇、陈坤在心里头这样说。

拍摄《画皮Ⅱ》的时候，陈坤、周迅、赵薇三位好友再聚首。因为《画皮Ⅱ》的成功，几乎所有的人都对他们的组合充满着期待。这个没问题！拍摄还没开始，他们就各自向对方下了“战书”：“大家都要努力，我们是好朋友，好朋友就要互相扛上哦，都要超过对方哦!”

就这样，每个人在角色上都憋着一股劲儿。周迅在拍摄这部戏以前，曾和梁朝伟、刘青云拍了一部《大魔术师》，她不断在超越自己，这次的表演，堪称出神入化。

赵薇则不一样，这两年，她结婚生女，经历了女人应该有的生活。这些经历让她有了更为开阔的人生视野和追求，这些又会投射到表演上，因而赵薇的表演也令人刮目相看。

在拍摄的过程中，她总在找东西、找感觉，不断地探索。很辛苦的武打戏也不要替身，破皮、流血，鼻青脸肿也一定要自己做。

一个个都要比对方演得好，各自又给了对方正面的动力。对于赵薇的表现，陈坤说：“哇！这两年你跑到哪儿修行去了？精进不少，我可要迎头赶上啊！”对于周迅，陈坤和赵薇则说：“她已经提高成这样了，我们加油吧！”周迅也说：“坤儿，你演得真的很好！”

朋友是明里较劲儿，让人想起了镜子，可不是，陈坤说，好朋友就像一面镜子，能照见自己的不足。虽说有可能让你不舒服，但这种照见，能让你回首自己走过的路，让你每一个足迹都比上一个更稳更深。

好朋友是一面镜子，是明着较劲儿，这是说朋友并非就一味地对自己好，必须跟自己谈得来，而是通过朋友，好好擦拭自己，不让朋友看到自己的灰头土脸，而对方也常常在擦拭自己。这样，朋友之间就能以最抖擞最光鲜的精神面貌相互交流。

明着较劲儿是向上的阶梯，朋友之间不在乎是他给予了你，还是你给予了他。重要的是，你和朋友能享受到精神上的共鸣，能获得随时随地想起他们时的舒心和快乐。如此，你会珍惜他们，从而珍惜自己，让你充满信心与力量，与朋友一道前进，一并提高。

载于《知识窗》

近朱者赤，近墨者黑，好的朋友就犹如镜子一般，时刻展示着我们的不堪和懒惰。还因为他们的存在，让我们有了比较，进而学习，有了进步。

范曾和朱军的莫逆之交

文/高小宝

士为知己者死，女为悦己者容。

——《战国策》

著名节目主持人朱军业余时间喜欢画画，一有空，他就拿起画笔信手涂鸦，时间久了，倒也画得有模有样，在朋友圈中攒了些名气。但朱军深知，自己是门外汉，对绘画只是略懂皮毛，很多技巧和意境全凭自己揣摩，而且画到一定程度便很难再有突破。因此，他特别希望能够得到画坛名家和专业老师的指点和帮助。

机缘凑巧，2008 年的一天，姜昆请朱军去给著名画家范曾帮忙策划一个活动。一听是范曾，朱军登时眼前一亮，当即欣然同意。去的时候，他特意带上了几幅自己的画作。

范曾看到朱军非常高兴，两人一见如故，相谈甚欢。商量完活动的事，范曾见朱军手上一直拿着一卷东西，就笑着问朱军拿的是什么宝贝。朱军红着脸说，是他的几幅画，想借此机会让范先生指点指点。

范曾认真地看起那几幅画，先是给了很高的评价，然后又一一指出其中的不足，当场令朱军受益匪浅，深感钦佩。

朱军忽然心里一动，起了拜范曾为师的念头。可当他把这个想法说出口后，范曾并没有立刻答应，而是从书架上抽出一本书对朱军说：“你要拜我为师，就先把《离骚》背一半再说。”朱军听了心里直打鼓，楚辞的语言风格和现代白话文大不相同，这不是在刁难我吗？心里虽然这样想，可他嘴上不敢说，只好拿上书拜别而归。

回家后，朱军怎么也想不通学画画和背会《离骚》有什么关系，可又想到范曾德高望重，知识渊博，这样做必定有他的用意。当下，便不再胡乱猜测，一心一意背起《离骚》来。尽管背的过程十分辛苦，但功夫不负有心人，半个月后，一部《离骚》还是让朱军背了下来。

范曾原本要求朱军把《离骚》背一半，没想到朱军竟全部背会了，他高兴他说：“真是孺子可教啊！从今天起，你就做我徒弟吧！”朱军大喜过望，当即倒地便拜。

范曾语重心长地对朱军说：“我让你背《离骚》，就是想看看你对学画有没有足够的决心和努力，我收徒的第一原则，就是凡事要努力，你没让我失望。”朱军这才恍然大悟，同时也为师傅的良苦用心感慨不已。

此后，在范曾的悉心指点下，朱军画技大进。2012 年“五一”期间，央视名嘴集体举办画展，场面异常火爆，朱军的画作深得范曾真传，受到圈内人士的一致称赞。

2008 年 8 月，奥运会首次在中国举办，世界瞩目，身为主持人的朱军工作特别繁忙，他累得筋疲力尽，心情很烦躁，忍不住到师父范曾那里诉苦抱怨。岂料，范曾慢条斯理地说：“你嫌累啊，那好办，回去找你们台长辞职，你不好意思说，我去。”说完，便把朱军一个人晾在楼下，自己上楼看书去了。朱军傻了，本来是想让师父安慰他，没想却碰了一鼻子灰。

过了一阵，他上楼讪讪地对范曾说：“我想通了，我还得干。”范曾语重心长地说道：“要干，就不要埋怨，埋怨只能让你心情不畅快，还影响工作质量。既然这个事你又不能不干，那何不愉快地去干，不要好像自己受了多大委屈似的!”听完师父一番话，朱军为自己的不成熟和冲动而感到羞愧。从那以后，他变得更加平和豁达，更加任劳任怨，连续多年蝉联观众最喜欢的节目主持人之一和获得多项荣誉称号。

范曾不但是数一数二的著名画家，而且是造诣颇高的国学大师，自从朱军拜范曾为师后，范曾不仅教朱军画画，还经常帮他指点人生困惑，引导进步。一次两人促膝喝茶时，范曾提醒朱军不要满足于做一个主持人，而要做学问丰富内涵。据他所知，在实践岗位上的主持人到目前还没有谁写过专业著作，他建议朱军写一本实践的专业书，去填补专业的“空白”。继而他告诫朱军：“你该沉下心来做些学问了，不然太可惜了。”

对于写书，朱军倒也不陌生，此前他已出版过两部专著，不过写的都是自己的人生经历。师父苦口婆心的话句句敲打着他的心房，他决定把自己从业 20 多年的职业感悟做一次理论升华。

2013 年 10 月 22 日，朱军的新书《朱军荧屏悟语》正式出版，范曾不但亲自为该书写序，而且在发布会上，还从百忙之中赶来捧场，师徒情谊羡煞旁人。

多年来，朱军对范曾毕恭毕敬、有礼有节，范曾也对朱军厚爱有加、关心备至。两人惺惺相惜、坦诚相待、亦师亦友、相互扶持。虽然有年龄上的悬殊，但丝毫不影响他们的真心交往和对艺术对人生的美好追求。从某种意义上来讲，他们的交往，是对“莫逆之交”这四个字的最好诠释。

载于《做人与处世》

人生得一知己，足矣！在经历过那么多虚假透顶的相逢和交往后才发现，人生走到最后，其实只需要一个知己！

绽放在寒冬中的爱之谎花

文/大　可

爱情原如树叶一样，在人的忽视里绿了，在忍耐里露出蓓蕾。

——何其芳

有的谎花也会结出甜蜜的果实。

数九寒冬，因无钱买棉裤，傅斯年只能穿着一件单薄的西裤，为挂念爱妻和贫困的学子，却撒下谎言。然而，这些谎言却像斗寒而开的腊梅花，艳丽而绰约。

那是1950年12月19日的夜晚，傅斯年在伏案写作，那可是一年中最冷的日子，寒风不断地从墙缝中钻进来，他写一会儿不得不用嘴哈哈手。妻子俞大彩见状，说："早点休息吧！"他搁下笔，说："我正在为董作宾先生办的《大陆杂志》赶写文章呢，想等钱到手后，请你尽快买几尺粗布、一捆棉花，为我缝一条棉裤。"

丈夫太需要一条棉裤了，从尚未入冬就说要做棉裤，可一直到了深冬，仍穿着一条旧西裤扛着。听傅斯年说完稿不需要多少时间了，俞大彩这才不再催促。然而，她一觉醒来，丈夫却还在奋笔疾书着。

痛心的是，这却是他最后一次赶稿了。第二天，台湾参议会召开第五次会议，要傅斯年回答关于台湾大学的问题，请他列席会议。哪知发完言后他走下台来，却突然倒在了地上。虽然依然穿着那条西裤，但天再冷也冻不着他了。

傅斯年逝世后的一天，他的弟子和生前好友前去悼念，俞大彩含着泪说："那晚他熬夜，若不是他说要换稿费买棉裤，我也不会任他辛劳。"

这时，在一旁的董作宾掏出一个装钱的信封，递到俞大彩的手中，说："这就是那笔稿费，先生曾嘱托过我，这笔钱是要你为自己做一件棉袄的。他多次跟我讲，自从你嫁了他，没过上过舒心的日子，他一直感到愧疚难过。那天，他谎称是他要做棉裤，为的是不让你催他休息。"这时，啜泣着的俞大彩不禁号啕大哭起来。

她身旁的一位学生也哭着拿出一沓钱，说："这才是先生最后的稿费。"他是一位贫困学生，在得知他交不起学费时，傅斯年便要资助。学生知道傅先生的日子并不宽裕，因为对有才华的穷学生，先生总会扶持，所以不管有多少钱也留不住。学生不肯收，傅斯年便说："这是我刚刚收到的一笔稿费，还不知道怎么花呢！"说到这，学生已是泣不成声。

因为爱而绽放的谎言之花，且这样的花又开在冬日，她也就会散发出恒久的芬芳，那风姿也会永远丰盈在人们的心中……

载于《当代青年》

善意的谎言是美的，因为欺骗是为了爱。

总统的守身如玉

文/代孔胜

遵守诺言就像保卫你的荣誉一样。

——巴尔扎克

若时光能退回到 1819 年的明媚之夏，我们定然会看到，28 岁的他，经历百般磨难之后，终可与自己一生最心爱的女人订婚了。

他双眼含着热泪，牵着她修长的右手，在一棵无名树下许下了动人的誓言。他说："这一生，我非你不娶！"她笑笑，心里顿时溢出了无数张甜蜜的小网，将困顿的心层层包裹。她坚信，这是可以值得托付一生的男人。

婚前之恋是他一生里最为甜美的时光，他们不曾料到，这段本可暖却一生的爱情，竟会在短短的几日内猝然夭折。

那时，他是个贫困的律师。而她的父亲，在兰斯特开办了一家大型的炼钢厂，赫赫有名，身价百万。她是百万富翁的娇女，掌上明珠。于是，她的父母毫不犹豫地坚信，这个贫穷的律师一定是看上了自己的财富，想通过女儿来谋取自己想要的利益。不由分说，便粗暴地取消了这门婚事。

她开始了以泪洗面的生活，并试图通过劝说的方式来让父母知道自己非他不嫁的心意，但均以失败告终。他绝望极了，整日浑浑噩噩地过着，似乎，生命已然到了尽头。

1819年12月2日，他们终于得以见面。可一向温柔懂事的她，竟会忽然变得蛮横起来，他们莫名地小吵了一架。他不知道，那是她的良苦用心。她希望这样，他便能放开她，去追逐自己想要的幸福。

他丝毫不曾放弃，每日都在小楼的不远处等待着她。他相信，终有那么一天，他的父母会被感动，会明白他之所以爱上她，全然不是为了金钱。他想，他可以这么一直等下去，直到白头。

1819年12月9日，也就是他们别离后的一周。她在费城无故逝世，死因不明。有人说，她是吞服过量鸦片而死，也有人说，她是因情悲绝自杀。

他的生活顿时天崩地裂，他不知道要用何种方式来缓解自己内心深处缠绕不去的忧伤。百般无奈之下，他鼓足勇气给朋友写了一封啼血之信，信中如此说道："没有她，生活现在对我来说成了凄凉的空白。我的希望全被切断了，我觉得，我的幸福将和她一起葬进坟墓。"

为了表示他的真挚之情和无限哀思，他给她的父母写了封信，要求出席葬礼。但遗憾的是，这位身价百万的父亲不仅毫不领情地将原信退还，还把女儿的死因归结在了他的身上。于是，他在凄惘中发誓："既然她已死，我将终身不娶！"

为了治愈潜藏在内心的创伤，也为了向她的父母证明自己的真心，他毅然放弃了律师的职业，涉足政坛，开始了艰难而又复杂的政斗生涯。不管怎样的苦楚，都不能让他消却心中的信念。他总相信，她一直在不远处审视着他，鼓舞着他。

他从州议员到国会议员，再到民主党保守派领袖，再到参议院对外关系委员会主席，先后出任俄国，英国公使，以及波尔顿任职总统期间的国务卿。他曾三次竞选美国总统，皆以失败告终。但他始终不怨不弃，终于在第四次，也就是1857年如愿以偿，问鼎白宫。

此年，他已然66岁高龄，他用行动证明了自己能力的同时，也向她的父母做出了最好的答案。他用一生的时间来表明了自己当日与她结为连理的初衷，以及对爱情的坚贞。

倘若女人为情守寡一世，可谓守身如玉，那么，他这悲凉的一生，又何尝不是？

这位痴情六十年的男子，乃是美国的第15届总统詹姆斯·布坎南。而这位让他魂牵至死，并让其走到政坛顶峰的女子，名叫安尼·科尔曼。

载于《意林》

对于有些人，一个爱的承诺可能就像抽了一支烟一样简单，结果也无非就像那支烟一样消失无形；可对于有些人来说，一个承诺就是一辈子、守候一辈子、等待一辈子。你真正爱上过一个人吗？

以莲的方式心生欢喜

文/王举芳

玉雪窃玲珑，纷披绿映红；生生无限意，只在苦心中。

——吴师道

87岁那年，杨绛先生经历丧女之痛没多久，相依相伴的丈夫又离她而去，只剩下她孑然一身。她从至亲离去的打击中挺了过来，落笔为暖，写下《我们仨》的温情篇章。先生在那所简陋的房子里闭门不出，一边埋头写作，一边整理丈夫的手稿和书信，将尘世搁置身外，远离喧嚣和浮躁的纷扰。

她在《一百岁感言》中写道：我今年一百岁，已经走到了人生的边缘……一个人经过不同程度的锻炼，就获得不同程度的修养、不同程度的效益。好比香料，捣得愈碎，磨得愈细，香得愈浓烈。我们曾如此渴望命运的波澜，到最后才发现：人生最曼妙的风景，竟是内心的淡定与从容……世界是自己的，与他人毫无关系。先生淡看人世繁华，一颗素心似清泉，清澈透亮、超然淡泊、宁静丰盈，活出自己如莲的风骨。

和朋友去看望一位“隐士”，他的家在一座山下，稀疏的篱笆，简单的瓦房，朴素的陈设。当时他正在田间给玉米除草，我们也去帮忙，没干多久，我们就汗流浃背了。他看看我们，笑着说：“走，去院子里歇歇。”

他是留洋博士，生活富庶安逸，回国后自己来到这山脚下，过起了简单的田园生活。

我问他：“您在这里不觉得清苦吗？”他笑笑：“我在这里生活觉得很富有。累了，捉几声鸟鸣入耳，品几首古词在心；渴了，摘一轮太阳熬汤，取一枚月亮煮酒；如果无聊了，风是最好的琴，一弹便是无限风流；如果醉了，随便一哈气，就是红肥绿瘦的诗句……”

“您不孤单吗？”我又问。

“与山水做伴，自然为伍，融入其中，自己也会成为一处有意义的风景，何谈孤单呢？”他的目光深邃，满脸洋溢着幸福。

身在尘世间，如果将心泊在红尘外，生命就会少了羁绊和牵累，多了悠闲和从容。

听说住在一楼的李奶奶是位寡居的老人，70 多岁，没有任何亲人。那一天跑步回来，见她正在楼下的花园里散步，银白的头发梳得光滑精致，枣红色的上衣，褐色的裤子，脚上是一双红色软底的绣花鞋，整个人看上去神采奕奕。

坐在花坛边与她闲聊，我说：“一个人独居很冷清吧？”她笑笑说：“一个人独居，如果任由时光颓废憔悴，那是折磨自己的身心，你说是不是？”她的笑容平淡而温和。

她家的窗台上有五彩缤纷的太阳花、洁白的栀子花、碧绿的一叶兰，也有葱茏的细香葱、油绿的油菜、青绿或火红的辣椒。她说她喜欢种植生活，让自己的日子色味俱香。她说她大部分的时间都用来写字作画，闲暇之余则燃起一炉香，诵读经书。她说：“心富有，灵魂就不穷，那么再单薄的日子，也是丰厚的。”

有时候经过她家，会听到悠扬的钢琴声。她多像迟子建的小说《晚安玫瑰》中的房东吉莲娜啊，爱自己，爱身边的人。

明媚、天真，不经意间，让自己的世界花香四溢。

逛中药房，看到一味药的名字："独活"，疯狂地喜欢上了这两个字。在百度查找"独活"，发现原来是一径细叶的小草。"一径直上，得风不摇曳，无风偏自摆"。

独活，任风雨侵袭，任流年似水，仍然保持内心的安宁和清醒，多少年过去，依旧风骨犹存。独活，只这两个字，写在哪里，都铿锵作响，惊人魂魄。

做一株独活，纵然孤单，也活得有尊严和风骨；纵然平淡，心以莲的姿势，遗世独立，翠衣翩翩。寂静，却如此高贵。

载于《思维与智慧》

予独爱莲之出淤泥而不染，濯清涟而不妖；中通外直，不蔓不枝，香远益清，亭亭净植；可远观而不可亵玩焉。

从中国后裔到菲律宾总统

文/马丽华

必须在奋斗中求生存，求发展。

——茅盾

1933 年的春日姗姗来迟，在这个看似寻常的春日里，一个黑眼黄肤的女婴在吕宋岛打拉省诞生。谁都不曾想过，这个其貌不扬的小女孩，竟会在成年之后，因爱情而奇迹般地迸发出惊人的魅力，并掀动了长达三十年的个人政治狂潮。

1953 年，她与《马尼拉时报》的记者阿基诺相遇，二人初次见面便心存好感，颇有相见恨晚的怅然。随后，坠入爱河，不可自拔。那年，她正值芳龄，20 岁的大好年华啊，身旁追求者数不胜数，可她却不顾一切地要与这个平凡的男子同结百年姻缘。她断定，必能与其十指紧扣，双双终老。

事与愿违。1972 年，阿基诺因反对总统马科斯的独裁统治而被强行治罪，关入监狱。于是，19 年的“采菊东篱下，悠然见南山”的田园生活，就此无声消泯。她为了使丈夫获得自由，不得不只身涉政，四处托人。

为了避开独裁统治的迫害，丈夫一出狱，她便携带家眷直奔美国。三年里，他们表面上过着波澜不惊的生活，内心，却是无刻不在做着矛盾的挣扎。他们远离家乡，看着自己的同胞陆续被害，还得忍气吞声，隐姓埋名。

三年后，这位心系天下的男人，终于决定重返菲律宾，为民主和自由奉上自己的一生。她在背后默默无语，从始至终都心甘情愿地跟随，即便眼里时刻饱藏着忐忑的热泪。

返程的班机还未到达，机场便已经站满了前来迎接的悲苦民众。他们欢呼，哭泣，似乎看到了漫长的生命暗夜里的星光。可令人扼腕的是，这位让众人可歌可泣的英雄，还未走下班机，便被三名武装军人开枪杀害。

历史的巨轮忽然悲鸣，不得不将身后的她一下子推向政治的前台。动荡、混乱、怨声载道的菲律宾需要一位新的总统，一位兼有民主、仁爱、自由，廉洁于一身的新总统。她并不知道，当她为爱情悲悯、绝望，决心要为丈夫报仇的时候，人民已经默认了她。但这一切，她似乎并没有察觉，或许，正如她后来回忆时所说的一样：“我当时根本就没有想过要当总统！”

她马不停蹄地在全国各个集会会场、公共场所奔走相告，面无惧色地站在主席台上向菲律宾人民大肆揭露马科斯的残暴罪行。本就心生怨愤的人民，在这一把满腔怒火的燃烧之下，纷纷响应，立志要推翻独裁统治的残酷镇压。

1985 年 11 月 4 日，在美国政府的强大压力下，马科斯被迫宣布离职，菲律宾提前选举新总统。消息一出，顿时举国欢腾，民众呼声震天，要她参与竞选新总统。

无人知道，她之所以这么做，大部分原因仅仅是为了帮自己的丈夫讨回一个公道。如今，愿望达成，是时候功成身退了。于是，本无此意的她，为了推脱，随口出了难题：“除非有 100 万人签名支持我，我才可能参加竞选！”

她以为，她的难题一定可以让她安度“难关”，殊不知，不到两日，那些热血沸腾誓死要支持她的民众便已经超过了

120 万人次。她不知道，自己的一句玩笑话，竟会引来如此之大的社会反响。

她深受感动，终于决定放下一切，走到历史的前台，为她的丈夫继续那段未完成的政治路途。她对那些日夜苦待的群众说："我谨声明我参加竞选，并明确表示，如果我当选为共和国总统，我愿意为我国人民服务。"

她的竞选班子，皆是亲近她的妇女和太太们组成的，这一个由女人组织起来的队伍，竟破天荒地获得了大大小小的 13 个党派的联合支持。

由于马科斯的卑劣行径，勾结官员，篡改选票数据，她最终落选。2 月 16 日，她在马尼拉举行的百万人集会上，郑重宣布了"七点非暴力抗议计划"，强烈谴责马科斯罪状的同时，号召全国人民坚持不懈地从各个领域来抵抗马科斯的独裁统治。在一片惊天动地的讨伐狂澜中，马科斯终于众叛亲离，孤立无援，被迫远走美国。

1986 年 2 月 25 日，她穿着象征民主、自由、和平的黄色长服，登上了菲律宾总统的宝座。六年后，她退位让贤，但在后来发现，新任总统菲德尔·拉莫斯竟然企图修宪，要将国家体制改为议会制。

她挺身而出，发动了 60 万人次的浩浩荡荡的反修宪示威游行。2001 年，新一届总统上任，她再次策划了"二次人民力量革命"，总统艾斯特与马科斯的下场一样，在一片声讨中，狼狈下台。

很多人记住了这个因爱而生的名字——科拉松·阿诺基，菲律宾第十一任总统，却很少有人知道，这位在政坛叱咤风云了三十年的女子，其实来自我国福建。

她这一生，曾默默，曾辉煌，也曾惊天动地，但回顾所有让她走向历史舞台的原因，归根究底，其实是爱。这爱，让她悲天悯人，让她勇敢地走完那段对方没有走完的人生路。

载于《意林原创版》

奋斗的路上，没有民族、没有肤色的区别。爱让我们充满了源源不断的勇气。

勤奋是硬道理

文/文小圣

才能的火花，常常在勤奋的磨石上迸发。

——威廉·李卜克内西

在韩国人的眼里，李明博绝对是一个传奇。因为他曾依靠捡垃圾完成学业，又因为蹲过监狱而找不到工作，但后来他却成为了韩国总统。

1941年12月，李明博生于日本大阪，他是家中的第五个孩子。1945年日本战败后，李明博一家被迫迁回朝鲜半岛。在此次旅途中，他们遭受了几乎是毁灭性的打击——他们运送家当的船只遇到风浪沉入了海底。从此，他们家一贫如洗。为了养家，父亲只好到牧场打工赚钱，而母亲则卖起了海鲜，小小年纪的李明博也开始沿街叫卖糕点、水果、火柴。

由于家境贫寒，到了念书的年纪时，进入学校的李明博非常珍惜这来之不易的机会，学习极其勤奋，成绩非常优秀。在李明博念初中时，他的二哥考进了汉城大学（今首尔大学）。父母无力供两个孩子同时上学，于是他们打算让李明博辍学。一位老师听说品学兼优的李明博要辍学，非常不舍，决定让李明博以抄写教案抵学费的方式来完成初中学业。就这样，李明博读完了初中，并以全班第一名的成绩，考入了浦项市东智商业高中夜校。

高中毕业后，李明博随家人搬到了汉城（今首尔）。在那里，他一边做苦力、扫大街，一边捧着从旧书店买来的参考书苦读。他凭着自己的勤奋努力，不久就顺利考上了高丽大学。入学前的那段时间，为了凑足学费，他每天天不亮就起床，捡垃圾挣钱。在艰苦环境中，李明博形成了坚韧、努力的性格，在同学中树立起了很高的威望。

但没过多久，灾难再次降临到李明博的头上——由于不满军政府的统治，他带头参加游行，结果被宪兵抓了起来，并被判处3年徒刑。6个月后，李明博被放了出来，他从未如此沮丧过：一个蹲过监狱的人，还有前途吗？此时，母亲对他说了一句话："你的人生怎能就这么结束？""是的，不能就这么结束！"李明博攥紧了拳头。

刚开始时，李明博果然连最卑贱的工作都找不到，"有前科"成了压在他身上的一座大山。直到1965年，李明博终于在一家名为"现代工程公司"（现代集团前身）的小企业谋到一份差事。这时的李明博，非常珍惜这份难得的工作，他工作时总是比别人更勤奋、更卖力，并且敢想敢做，极具拼搏精神，于是很快就得到了老板的赏识。

一年多后，他被派到利比亚寻找工程建设项目。刚到非洲时，为了跟利比亚官员打交道，他可以在人家门前耐心地等上8个小时；为了让对方尽早接受他，他仅用一个月时间，就把当地的风俗习惯记得烂熟于心。几个月后，他因为揽到的项目最多而被擢升为组长。29岁他就晋升为公司理事，35岁一跃而成为社长，46岁当上公司荣誉会长……李明博凭着自己认真的态度和非凡的能力，在现代集团的晋升速度如坐火箭。

后来，李明博弃商从政，他凭着自己的勤奋和真诚赢得了民众的支持。2008年2月，他宣誓就任韩国总统。

如今在韩国，李明博成为了不少年轻人的奋斗榜样。他的传奇人生被改编为热播电视剧；他记载自己成功经验的自传，创下了重印一百多次的高纪录。

在人生之路上，机遇可以成为改变一个人命运的重要因素，但要最终走向成功，勤奋才是硬道理。

载于《做人与处世》

懒惰是成功的天敌，唯有勤奋方能达到自己的目标。

凌寒盛开的“霸王花”

文/江上飞鸿

所谓活着的人，就是不断挑战的人，不断攀登命运险峰的人。

——雨果

电视剧《我是特种兵之火凤凰》于2013年10月23日登陆江苏卫视黄金时段全国独家首播。该剧讲述的是经过选拔的来自不同部队不同职位的八名女兵，组建成一支代号为“火凤凰”的女子特战队，她们怀揣着各自的理想，通过近乎残忍的训练和实战逐渐蜕变，最终以一个真正的军人姿态重新绽放生命，完成凤凰涅槃。

而现实版的《我是特种兵之火凤凰》也在同一时间上演，主角只有两名。她们被人称为特战“霸王花”，来自号称军中“霸王花集结地”的陆军女子特战连。同在2013年9月获得优秀士兵提干资格，考入解放军理工大学，在军校开始继续演绎自己的精彩。她们是蒋淑珍和任亚敏。

自小崇拜橄榄绿的蒋淑珍当年高考就报考军校，结果落榜了，不甘心的她最终还是选择了军营。参军之初她豪情万丈，一心要在部队锻炼好自己。在延庆海军通信新兵训营训练一个月后，就调到了海军陆战队，三个月后又被选中参加“爆破手”特战集训。能被选中参加特战集训，对于刚参军不到一年的蒋淑珍来说真的是一种极大的荣耀，同时也是一个不小的挑战，因为她曾经是一个异常胆小的女孩。

6 岁那年的一个夏日，晌晴毒日的天气突然电闪雷鸣，豆大的雨珠炸得地面尘土飞扬，和妈妈一起外出走在路上的她吓得直打哆嗦，妈妈一把把她揽在怀里。以后每遇到雷雨天气，她就会想到妈妈那温暖的怀抱。

在部队投弹还可以，但是炸弹一响她还是忍不住害怕，浑身都发软。看到她这种情况，班长对她说："困难像弹簧，你弱它就强，你只有正视自己的弱项，使自己强大起来，才有可能战胜它。"为了让自己适应声响，蒋淑珍申请搬到连队储藏室"独居"，并请求班长深夜不定时地在她的枕边放喇叭。

白天训练那么苦，晚上还要多次弄出"炸弹"声响惊醒她，班长实在有些不忍。可是耐不住她的执意要求，老班长被这个新兵的行为深深地感动了。经历无数次梦中惊醒之后，她成功地克服了心理障碍，在集训完毕后的结业考核中，蒋淑珍凭借优异的表现获得"最佳全能爆破手"的称号。当兵五年来，从陆战到海训，从潜水到跳伞，她出色地完成了上百项特战集训，赢得了"女子三栖尖兵"的光荣赞誉。

而和蒋淑珍一起迈进军校的任亚敏也同样有着一个橄榄绿的梦，同样有着一股拼劲。"集中精力于一点，专注就是胜利"，她把教官在新兵集训第一天说的这句话深深刻在心里。

凭着那种不服输的精神，她五发子弹五十环，成为唯一一个满环的新兵。从第一次打靶开始，她就爱上了枪，与枪结下不解之缘。她几乎参与了所有与枪有关的特战集训，枪支分解结合，蒙上眼睛步枪 28 秒、手枪 17 秒、重机枪 51 秒，各项武艺样样拿手，射击打靶更是以几乎全满环的成绩让人无可挑剔。精湛的技艺使她成为连队独一无二的"神枪手"，荣立个人三等功，任亚敏一下子成了连队的先进典型。

战友们的羡慕，领导的垂爱，曾一度让她沾沾自喜。她渐渐放松了对自己的要求，日常内务让其他人整理，训练也开始出现“混”的现象。日子一天天过去，第二年春天，特战旅下达紧急命令，要求第二天举行全旅射击比武，连长直接把任亚敏报上去了。并对她说：“你代表连队出战我们放心”。任亚敏心里很不踏实，毕竟自己近一年都没好好训练了，心里没底，可是又不能推辞，只好硬着头皮上。

机会只会留给有准备的人，那次比武，奇迹没有发生，她第一次出现脱靶，败得很惨。

从此，她回到训练场，重新抄起熟悉的八一步枪，瞄着胸环靶，一步步从头开始。无论刮风下雨，无论冬寒夏暑，训练场上的她总是冲在第一线，战友们又看到了以前的她。三个月以后，在连队组织的一次实弹射击训练中，她以四十发子弹命中四百环的成绩向那次失败交上答卷，维护了作为“神枪手”的尊严。

任亚敏和蒋淑珍真的有缘分，这次进入军校，随机分班又被分在同一个班，而且还是上下铺。两人好似心有默契一般，要在这里来一场明比暗赛。

报到的那一天，任亚敏暗下决心：“我必须抓住这次学习深造的机会，把自己锻炼成合格的军官。”而蒋淑珍则考虑到自己的底子薄，基础差，卯足了劲儿要恶补自己。

在军校，两朵“霸王花”竞相开放。

课堂上，想法最多、思考最多、问题最多的学员是蒋淑珍，深夜不睡觉、上课不犯困、周末不休息，整天泡在图书馆的那个人还是蒋淑珍。蒋淑珍以她那“拼命三郎”的学习精神赢得了战友和教员的赞誉。

任亚敏问问题的办法更新奇，为了怕那些成绩最好的学员被她问烦，她历经周折，把十几个教员的课表安排、作息时间、联系方式以及兴趣爱好搞得一清二楚，无论什么时候，只要有问题，她总有办法找到教员寻求帮助。加上课后加班加点的学习，任亚敏很快成为教学班中的尖子。

两朵特战“霸王花”在军校再度灿烂盛开。

在我们的生活中，在我们的身边，总有那么一种人，为自己的梦想而顽强拼搏。在她们眼里，挑战一切困难就是自己的人生信条，在这样坚定的梦想与执着的信念面前，任何困难都无法阻挠自己追梦的步伐。

载于《做人与处世》

困难就像是弹簧，你示弱它就强。但为了心中的梦想，压倒一切“弹簧”，冲吧，做自己生活中的“霸王花”。

冷门爱好可以有

文/李　莉

伟大的作品不是靠力量，而是靠坚持来完成的。

——约翰逊

歌手张洁在舞台上穿过他制作的纸盔甲，吴昕和阿 SA 在节目上穿过他制作的纸裙装，他的折纸作品代表中国参加国际折纸展，他在大学时成立了折纸工作室，靠折纸养活了自己。他，便是 26 岁的大男孩陈晓。这个男孩，选择的折纸爱好曾不被家人认可，如今，这一爱好却成了他的事业。

陈晓是广东汕头的一个性格内向的男孩。2007 年的一天，就读高中的他，偶然在网上看到一段折纸视频。视频上，折纸人灵巧的双手上下摆弄，竟然用一张普通的纸折出了栩栩如生的立体造型。这化平凡为艺术的过程，让他对这门技艺产生了浓厚的兴趣。

通过上网查询有关折纸的相关知识，陈晓了解到折纸虽然起源于中国，但是折纸艺术却是在日本发扬光大的。他萌发了要自学这门技艺的想法，并要在国内推行这门美好的技艺。他把自己关在屋里，在网上搜索各种折纸技艺来学习，常常一折就是好几个小时。

父母见他痴迷于折纸，十分担忧，指出这种爱好是“冷门爱好”，喜欢的人少，对今后的发展也没多大帮助。可他总是对父母笑笑，认真地说："不要看轻冷门爱好，只要将爱好做到极致，都很有可能将它做成事业。"父母对他的理论又好气又好笑，虽不再强烈反对，但在内心仍不看好他的这一所谓"事业"。

2009 年，陈晓进入了医学院大学就读，在课余，他仍不停地研究折纸。这时，他开始不满足于模仿别人的折纸，他希望能做原创。但从模仿到创新，上这一台阶，却不是那么容易的事。经过无数次的失败后，他终于能制作出自己构思的作品了。记得他折了一只黑色的纸蜘蛛，自己也觉得栩栩如生，十分满意。

喜欢搞怪的他调皮地用双面胶将"蜘蛛"贴在了墙上，静等有点近视的室友回来。当室友回到寝室，看见了那"蜘蛛"，吓了一跳，拾起床边的拖鞋就要去拍。他一个箭步冲上去，忍住笑，拦住了室友，"救"下了这只蜘蛛。当室友知道是纸蜘蛛时连连惊叹，说："你的作品真是叹为观止，吓死人不偿命啊。"

后来，其他同学闻风而来，充分"利用"起他的纸艺了。有谈恋爱的男生，请他折玫瑰花，送给女友作礼物；有喜欢变形金刚的同学，请他折个变形金刚纸模放在案头留念；有亲人要过生日，请他折星座造型作为礼物……他有求必应，也很高兴自己能用折纸技艺给同学们带来快乐，赢得友情。

同学们鼓励他办一个折纸工作室，将折纸与商业结合起来。在大家的鼓励下，大一下学期，他联系了几个广东的折纸爱好者创办了"叹为观纸"工作室。工作室初期以展览和现场的简单互动为主。后来内容开始渐渐丰富，推出了结合折纸造型和技巧的作品。目前，工作室在同玩具公司合作，做迪斯尼玩具的造型设计。

工作室的全体成员也在 2013 年应邀参加湖南卫视《快乐

大本营》节目，在节目中，展出了他们创作的各种动物、人物作品，引得在场观众啧啧称赞。吴昕和阿SA穿上了“叹为观纸”工作室制作的纸裙装，合身美丽的裙装上身，宛若仙子，惊艳全场，将节目推向了高潮。2013年7月，陈晓创作的两件折纸作品“嫦娥”和“洛神”，代表中国在日本参加国际折纸展，并被收藏在美浓御茶水和纸会馆。这不仅是他个人的成绩，也代表着中国折纸开始走向世界。

26岁的陈晓在谈到折纸时，眼里总会闪过光芒，他说要将工作室继续做下去，他要成立折纸公司，将爱好进行到底。提及“冷门爱好”这词，他笑着说：“冷门爱好可以有，只要你用热情和执着去浇灌它，它同样可以成就事业。”

是的，当你的爱好独辟蹊径，成了“冷门爱好”时，不要因为它不被众人认可就轻易放弃，要学会像陈晓一样，用热情和坚持，将不被看好的“冷门爱好”变成自己的事业。

载于《做人与处世》

一张纸都能做出大文化，其实生活里有许多事物对大家来说都是“冷门”，如果我们用热情和执着去追求，“冷门”事物也能开出绚丽的花。

胡振宇："90后"开火箭公司

文/陈世冰

梦想，是坚信自己的信念，完成理想的欲望和永不放弃的坚持，是每个拥有她的人最伟大的财富。

——任初七

胡振宇，"翎客航天"创始人兼 CEO，他 1993 年出生，在科技精英云集的航天系统中，无疑是一个传奇式人物。从中学时候起私自研究炸药，到大学期间逃课研发火箭，再到刚毕业就创办中国第一家民营火箭公司，在被国企垄断的火箭市场分得一块蛋糕……他的经历堪称一部青春励志大片。

走钢丝的"坏孩子"

胡振宇和炸药结缘十分偶然，在他刚记事的时候，一次看到一家商场开业放烟花，冲天而起的礼花绚烂至极。爸爸告诉他，烟花之所以能冲向天空燃放出炫目的礼花，是因为一种叫炸药的东西产生爆炸的力量。

从此每每看到燃放的烟花，胡振宇总是看得如醉如痴，对爸爸说的那个炸药产生了种种神秘的幻想。

上了初中，他参加了学校的化学兴趣小组。每次上完实验课，胡振宇总是偷偷拿些没有用完的氯酸钾、硫黄、铝粉、镁粉等实验品回家。晚上，家人睡觉后，他就拿出来对照书上教的配方进行研究。往往是完成一组数据配方，夜已经深了。

在一个冬天的深夜，他按最新的配方把200克的炸药调配完毕，插上引线后，阵阵睡意袭来。就在他晃动铝罐的一刹那，炸药突然燃烧起来。胡振宇还来不及做出任何反应，装炸药的铝罐瞬间就熔化了，滚烫的液体喷洒在他的手上。

熟睡中的父母惊醒了，他们把胡振宇送进医院，将他房间里所有的实验品统统扔进了垃圾箱，并责令他以后再也不准做这样危险的事情。每天上学放学都要检查他的书包，也不给零花钱了，切断了所有他们认为可能购买配药的渠道。胡振宇却上了瘾，不在家里做，周末就去同学家，配好后再拿回家里，藏在衣柜、床底下的某个角落。

胡振宇说："兴趣是最好的老师，爱迪生的故事就像是一粒种子种在了我心里，发了芽，生了根。任何教育，只要是不让我做我自己喜欢的事情，我都当成耳边风。"

到了高中，作业负担一下子重了起来，因为所有的精力都放在化学上，其他高考科目都亮起了红灯，但这并没有遏制胡振宇的兴趣和探索。他和喜欢化学的同学每星期凑出一点零花钱，组建了一个相对安全的公共实验室用来调配炸药。在老师的指导下，他每周末都会把方案、流程写好，计算好公式，看似枯燥的实验，他和小伙伴们却乐此不疲。

一天晚自习后，胡振宇来到了操场，他带来了约莫1克重量的炸药，他要进行一次撞击实验，通过敲击使它分解。胡振宇心里有些紧张，他知道这炸药虽是1克，但这是有机炸药，性能要高很多，对于结果他一无所知。他觉得今晚是他长这么大以来最安静的一个夜晚。"轰"的一声巨响，整个校园，包括校外面公路上的行人都听到了。胡振宇却什么也听不见了，他只看见路灯下跑来的人群。此时，最大的声响来自他的心底，就像一面支撑梦想的墙轰然倒下了，内心一种莫名的恐惧随着爆炸的烟尘腾空升起。

班主任、校长和他的父母赶到公安局的时候，胡振宇已做完了笔录。市公安局的爆破队长连夜把从他家里搜出来的近 5 公斤的炸药送到山里进行销毁。

第二天，公安局领导和校长还有班主任都极力主张开除胡振宇，但他的化学老师说："你们如果把他开除，让他流入社会，他会变得更加危险，同时你们还有可能扼杀了一个有成就的科学家的未来。"就这样，胡振宇又幸运地留在了学校。

黑暗中的舞者

2010 年 9 月，胡振宇以网球特长生的身份考入华南理工大学工商管理学院。有一天，胡振宇无意间闯入了一个叫科创论坛的网络社群里。这是个火箭爱好者的论坛，里面有不少民间科技达人，但是他们一直有个短板，火箭升空需要一种燃料作为推力，这种燃料就是炸药，市场上买不到。一直对炸药有研究的胡振宇立即向论坛版主发出申请说，自己可以为他们解决这个问题。

进入论坛后，他如鱼得水，每天大部分的时间都泡在这个论坛里。但他很快发现这里的每个人都是各自为战：有的专门搞设计、有的擅长搞制造、有的只能搞组装。胡振宇想，如果把这些人组成一个团队，那么火箭从设计到加工、制造、组装，整个流程全部做出来就会事半功倍。

2011 年 9 月，广州在校大学生独立研究探空火箭的项目团队成立了，组长是胡振宇。那时，胡振宇的想法很简单，"就想做很牛很炫的产品，能升上天就可以了。"

2011 年 11 月，团队要进行第一次仿真实验。在两个月的时间里，胡振宇和他的团队从来没有在凌晨3点前睡过觉。他们买不起发动机来采集推力和压力数据，就拆了实验室的抽屉做了一个测试台，然后到处借钱买来传感器、滑台、钢板、模板，火箭的箭体就用市场上买来的PVC管。

测试的头一天晚上干到了快天亮，只睡了半个小时。为安全起见，凌晨6点他们借了辆自行车把这30多公斤的设备，拉到了大学城的外环。四周静极了，胡振宇仿佛听到了伙伴们怦怦的心跳。胡振宇极力让自己颤抖的手安静下来，按下点火开关，一瞬间，两个多月所有的努力、心血和设备顿时炸为了乌有。

第二次，火箭还没有起飞就在发射架上炸开了；

第三次，火箭就像是一块石头，稳稳地立在那儿；

第四次，第五次，第六次，第七次……

他们弹尽粮绝，要将项目搁置了。

柳暗花明，一个事业成功的校友看到了胡振宇和他的团队的报道后，他联系胡振宇，提供了10万元钱的无偿资助，希望他们能将梦想继续下去。学校这时候也为他们提供了许多实验器械，请导师为他们提供必要的指导。

2013年7月，胡振宇和他的团队要进行一次终极仿真实验。烈日当空，20多人扛着铁锹，抬着发射架在还没修好的高速公路上走了3公里。大家齐心协力把这50多公斤的火箭组装、安顿在发射架中。为了安全起见，他们拿着铁锹挖了几百公斤的沙子，装在沙袋里面，一个个垒起来做成掩体。7月28日下午两点，这个火箭承载着胡振宇和团队的梦想呼啸着直射苍穹。

伙伴们欢呼着拥抱在一起，胡振宇背转身，双手捂住脸，泪水涌出。他想，成功是最让人畏惧的一个词汇，它或远或近，蕴藏着看不破、悟不透的玄机。

吃螃蟹的第一人

2014 年 1 月，还是大四学生的胡振宇，在深圳注册“翎客航天”，成为国内第一家民营航天公司，主营探空火箭。

在国内市场，探空火箭的开发应用一直被中国航天科技集团垄断，但胡振宇偏偏要从中分一杯羹。他说，因为体制的原因，国企提供的探空火箭服务，每次发射报价高达 300 万元，而探空火箭的主要客户是科研经费相对紧缺的高校和科研院所，对于 300 万元一次的报价，他们有些力不从心，因此研发低成本的探空火箭有着巨大的市场需求。同时，对于中国航天科技集团而言，探空火箭价格低廉，远不如发射卫星赚钱，因此也没有太大的投入意愿，新技术的研发和应用往往滞后，这正是“翎客航天”打破国企垄断的发展契机。

胡振宇说：“‘翎客航天’的核心竞争力就是性价比。”2014 年 9 月底，“翎客航天”研发出一种体形更小的探空火箭，长度 3 米，箭体直径 300 毫米，有效载荷 40 公斤。它的作用是将搭载的仪器送到几十至几百公里的高空，进行几分钟的科学观测，发射一次的成本仅为 150 万元。

胡振宇说：“我们能做到低成本的研发，来源于对每一条渠道供应链的压缩，我们的火箭燃料、发动机等核心技术、核心的组件一定是从最基础的工业原材料开始独立生产，采购的东西只占 20%。最为关键的是，一枚探空火箭价值上百万元，但上面的载荷可能价值上千万元，之前基本上用一次就废了，我们现在可以做到载荷回收，甚至让火箭原路返回。”

价廉物美的探空火箭引来了众多高校和相关的科研院所的关注，一些东南亚国家的研究院也闻风而来。2014 年 10 月的上半月，“翎客航天”就接到了十份订单，价值 1600 万元。

对于未来，这位“90后”的公司负责人充满了信心：“到2014年年底，公司将完成融资一个亿。三年后将最大飞行高度200公里以上、载荷50公斤以上的探空火箭推向市场。五年后，推出直径达3.35米的小型卫星运载火箭。”

是的，胡振宇成功了。他回首少年时代，指着办公室墙上那幅中国象棋盘的摄影作品，语气有些沉重地对记者说：“这是我从小就喜欢的一幅作品，棋子都是活灵活现的卡通图案，表情各异。每个棋子都有自己固定的行走路线，它不能有任何的改变。这些棋子就像我们现在的孩子，他们一上学，就会沿着一条固定的线路前进。我那时读书，捣鼓炸药，研发火箭，完全是离经叛道，无异于是在走钢丝。我在看不见未来的黑暗中东闯西撞，就像一件瓷器，不经过烈火就不会有脱去泥胎的质地。梦想就像是一只疼痛的火把，召引着我一直向前走去。”

载于《读者》

高尔基说，暂时的是现实，永生的是梦想。那些绝望与希望并存的时刻，都是躯体与灵魂的高度对话，从而一次次遇见更好的自己。梦想还是要有的，万一实现了呢？

“死”了五万次的人

文/汤小小

要从容地着手去做一件事，但一旦开始，就要坚持到底。

——比阿斯

15岁时，他初涉影视圈，很幸运地得到了一次出演的机会，饰演一个被武士一刀劈死的坏蛋，只有几秒钟的镜头。

为了这几秒钟的镜头，他把剧本从头到尾看了一遍，虽然自己饰演的角色只被编剧一笔带过，但他还是根据剧情，琢磨出这个人物的性格和武士打斗时的心态，根据这些，再推理出被杀死时的表情和动作。

因为准备充分，这个镜头一次就拍摄成功，这给了他极大的鼓励。也因为这次的成功，让导演记住了他，以后再有这样的角色，就会第一个找到他。

这样，他又得到了几次出演的机会，虽然每一次呈现给观众的都是被杀死时的几秒钟，但他每一次都不敢有丝毫马虎。剧情不同，人物不同，死时的状态当然也应该不同。每一次，他都认真看剧本，根据当时的情景，设计出不同的死亡方式：有时是翻白眼、有时是慢慢跪下、有时是狂喊大叫、有时是吐血而亡。

他自创的神态各异的死法，吸引了很多导演和演员的注意，慢慢的，找他拍戏的人越来越多，每一次，都是扮演被杀的角色。

随着“死亡”次数的增加，他慢慢有了一些知名度，很多人劝他，不能光演那种无足轻重的角色了，应该尝试转型，要求导演加戏，争取多露会儿脸。从几秒钟到几分钟，再到重要的配角，最后做主角。

他却摇摇头，人人都去做主角，坏蛋谁来演呢？演好坏蛋也是一门学问啊。演得好，就能衬托主角的英勇，提升整部戏的品质。

别的演员有接不到戏的时候，他却平均每天都要跑三个剧组。这么忙碌，又演得轻车熟路了，按说他只要往镜头前一站，随便做个死亡的动作，几秒钟就能拿到劳务费走人了。可是，他却对每一个角色都不肯马虎，总是不断创造出新的死法。

除了那些传统的死法，他发明了虾米式死法，把身体弯成一只虾，一伸一缩，不停地抽搐；还发明了搞笑怪诞式死法，在倒下的瞬间，做一些搞笑怪诞的表情和动作。

这样的角色，他一演就是50年，算起来，他在屏幕上总共“死”了五万多次。而这五万次的“死亡”，把他锻造成一个顶级的特技演员，得到了观众的喜爱，得到了同事的尊重，得到了导演的称赞。

他的名字叫福本生三，在光怪陆离的娱乐圈，因饰演被杀的角色而成为知名演员。以最无足轻重的角色而赢得尊重，不能不说这是一个奇迹。

而创造这个奇迹的，就是五十年如一日的坚持，是认真对待每一个角色的职业操守。无论多么微小的事情，只要认真坚持去做，就会创造奇迹。

载于《意林》

追梦路上，坎坷丛生，会有很多的迷茫，未来遥遥无期，不知道该去往哪里。既然不知道去往哪里，那我们不如就过好每一天。其实，根本没有什么所谓的更好的路，你选择的那一条，只要坚持走，就是最好的路。好多年以后迷茫的人依旧迷茫，可你已经脱胎换骨，所以，你只要做好自己，其他的上天自有安排。

所有绝境都必藏生路

文/王万龙

虽然世界多苦难，但是苦难总是能战胜的。

——海伦·凯勒

他诞生在美国新罕布什尔州的桑顿乔森林地区的一块贫瘠的土地上，他的出生，似乎就意味着要尝遍世间的悲苦与辛酸。3 岁丧母，7 岁丧父，童年的笑声还不曾透出他的咽喉，他便成为了举目无亲，孤苦伶仃的孩子。

命运将所有的不幸都压在他柔弱的肩膀上，为了生存，他不得不做出比山区里一般的孩子更为艰苦的挣扎。他先是寄人篱下，为了做工，尽管每天工作 14 个小时以上，可仍是吃不饱饭。没有人愿意和他一起，他亦不曾拥有朋友。他每天需要过的生活就是在不停劳动的同时，忍住主人和孩子的嘲弄以及虐待。

为了脱离困苦的生活，为了让自己的身体不再经受摧残，他先后跟从了五个主人，但遗憾的是，情况丝毫没有好转。

14 岁的深夜，他决定要有所突破，要彻底挣脱这种奴隶式的生活。于是，在一个阳光明媚的周日清晨，他怆惶出逃，颠沛许久之后，终于在一家锯木厂找到了工作。无意间，他在工作中得到了一本名为《自己拯救自己》的励志图书，他想，自己也是可以成就一番事业的，因此，他忽然意识到了知识的重要性，力图抓紧一切可以读书的机会刻苦钻研。

和其他孩子不同的是，他的求学经历是个窘迫不堪的马拉松实验。他一面工作，一面靠微薄的收入来断断续续地上学。从 14 岁读到 23 岁，他终于踏入了大学校门。

他知道这一切是多么的来之不易，因为不肯错过任何一个可以学习的机会，甚至为了逼迫自己努力读书，他还给自己制订了一系列的苛刻的学习计划。9 年后，当同龄人正为前程忙得头破血流的时候，他已经顺利拿下了波士顿大学学位、奥拉托利会学士学位、波士顿大学硕士学位、哈佛医学院博士学位，以及波士顿大学的法学学士学位。

同时攻读多个学位并未影响他的收入，毕业前夕，他已经积攒了 2 万美元，以备创业。17 年后，40 岁的他成为了一位在旅店业里举足轻重的大亨。

就在事业蒸蒸日上、如日中天的时候，天灾人祸接踵而来。连年干旱致使美国经济萧条，旅游业日渐衰落，更要命的是那些对他来说重要至极的旅店，均在一场场不知名的大火中被夷为平地。倾注了其一生心血的五千多页的手稿，也在大火中消失殆尽。

尽管负债累累，他也不曾就此屈服。他带着永不更变的梦想来到了波士顿，开始了成功学方面的创作。比起以前，他此时更有资格投身这个神圣的事业。悲苦的童年，40 多年的奋斗生涯，传奇的人生经历让他曾站在了人生的最高处，又被抛入低谷。因此，命运的磨难，让他对财富拥有着异于常人的领悟力。

1894 年，在他心灵深处沉寂了 30 年的梦想终于实现。其处女作《伟大的励志书》获得了空前的巨大成功，一年之内便再版 11 次。截至 1905 年，仅在日本一国的销量就突破了 100 万册。

三年后，他义无反顾地创办了《成功》杂志。同样，获得巨大成功。单册发行量超过 30 万册，拥有员工 200 名。但命运似乎总喜欢对他加以捉弄，1911 年，《成功》杂志因先产生内部分裂，后得罪权贵而被告上法庭，无奈停刊。他又一次被命运从巅峰抛至谷底，债务缠身。

他仍不曾放弃，于 7 年之后再次创办了《新成功》杂志。此刻的他，已是步履蹒跚，77 岁高龄。直到 6 年后他去世，这本杂志还是照旧影响着千千万万的忠实读者。

这就是奥里森·马登——全世界公认的美国成功学的奠基人和历史上最伟大的成功励志导师，成功学之父。

如果有人要探寻奥里森·马登的成功秘诀，那么，我想答案一定是因为他比任何人都清楚，所有绝境的悬崖边，都必然会暗藏着一条通往光明的生路。

载于《意林》

你想成为什么样的人，那你就得承受相同级别的考验。在皇冠加冕之前，你只需要做好自己。要知道，机会从来都是留给有准备的人的。

第四辑

首富的谦逊

一个人，不管他拥有多少财富，也不管他为大家付出多少，只要他的内心始终坚持“我为大家做得还很不够”，那么，不管他走到哪里，都将会是一位成功的人，都将会是一位受大众欢迎的人！

向懦弱宣战

文/文小圣

高山绝顶在懦弱者看来是畏途。

——罗·布莱尔

乔治·萧伯纳是举世闻名的英国剧作家、评论家，是1925年的诺贝尔文学奖获得者。他不但是一流的大作家，同时也是一流的雄辩家。

可是，谁也不会想到，就是这样一位巧舌如簧、能够舌战群儒的雄辩家，在青年时代曾经是一个内向自卑、胆小懦弱的人。他不善于与人交往，甚至害怕与人交谈。有一次，萧伯纳准备去一个住在泰晤士河边的朋友家拜访，可是当他来到朋友家门口时，看到朋友家门紧闭，却没有勇气抬起手来敲门。

朋友在家吗？我贸然来访，他会不会讨厌我？会不会觉得我是有求于他才拜访他？如果见了他，我该说些什么？我该主动说话，主动提出话题，还是多听听他说什么？如果我说的话题或者我的观点他不赞同，甚至直接反驳我，我该怎么办？如果话不投机，场面该是多么尴尬啊……

萧伯纳的脑海里就这么激烈地做着思想斗争，内心紧张极了。于是，他离开了朋友的家，走到泰晤士河边徘徊。

算了，还是回家吧。几次在内心中，萧伯纳都这样对自己说。可是，来都来了，就这样回去了，这算怎么回事呢？不行，如果我一直这么胆小懦弱，这辈子怎么可能会有成就？我不能就这样成为一个一生都碌碌无为的人！我一定要克服自己的胆小懦弱，让自己大胆地站在别人面前，让自己的观点和思想像绚丽的花朵一样，明明白白地在众人面前绽放！

于是，萧伯纳下定决心，重新来到朋友家门前，勇敢地敲响了朋友的家门。事实上，当天他和朋友聊得非常投机、非常开心，完全没有他自我想象出来的那些问题和尴尬。

那天，萧伯纳彻底认识到了人最大的敌人不是别人，而是自己，只有战胜自己内心的胆小懦弱，才能使自己变得强大，才能做起事来风雨无阻，勇往直前。因此我们永远不要让胆小和自卑控制自己，左右自己，永远不要让胆小和自卑成为自己走向成功的绊脚石。

载于《演讲与口才·学生版》

每个人心里都有一个懦弱的自己，他们无知且胆小，时时拉着我们不能前进一步。战胜自己，赢得荣耀，抛弃那个懦弱的自己吧。

郑晓龙为何责难黄轩

文/高小宝

对一切事情都喜欢做到准确、严格、正规，这些都不愧是高尚心灵所应有的品质。

——契诃夫

电视剧《红高粱》开拍前选演员时，有人向导演郑晓龙推荐了黄轩，郑晓龙便让他来试镜。得到这个消息，黄轩异常兴奋和激动，立即从美国赶了回来，一下飞机，他就马不停蹄地赶到剧组。然而，由于准备匆忙，加上时差还没倒开，第一次试镜，黄轩表现得很差劲，郑晓龙当场就生气地说："怎么演成这样？你拍了不少戏，怎么还不会演戏呢？"黄轩听了这话特别受打击，脸上火辣辣的。

黄轩原本以为这次失败的试镜失去了和郑导合作的机会，岂料几天后，剧组打电话请他再次来试镜。意外之余黄轩却对自己没了信心，朋友劝他，不能别人说你不行你就真不行了，你得证明你自己，为自己争口气。一番话说得黄轩心潮澎湃。

因为憋着一口气，第二次试镜，黄轩使出浑身本领，收放自如，剧组所有人都夸他演得好，黄轩对自己也很满意，但是，郑晓龙依然面无表情地对他说："你还能不能演得更好一些？"随后，让他回去等通知。郑晓龙模棱两可的态度令黄轩忐忑不安，好在剧组捎来话，让他继续做好准备，等待第三次试镜。

接连两次的失利，也让黄轩开始反省自己，到底怎样的表演才能打动郑导呢？他拿出剧本，仔细琢磨剧中人物的性格，认真审视自己表演上的不足。那些天，他足不出户，沉浸在剧本中无法自拔。第三次试镜时，黄轩心想，成不成就这一回了，管它呢，撒开演。这一次，他把剧中人物的性格、特点表现得淋漓尽致，还没等他表演完，郑晓龙就高兴地拍板道，行了，这个角色就是你的了。

《红高粱》播出后，黄轩扮演的角色得到观众的一致认可和称赞，一次剧组聚会，黄轩开玩笑说："当初郑导对我三番五次责难，怎么样？我没让他失望吧！"当时，郑晓龙也在场，笑了笑并没说话。

事后，有朋友对黄轩说："你怎么就不明白郑导的一番苦心呢？你来试镜前，郑导看过你所有的影视作品，见到你人后，你的形象、身形、气质完全符合他心目中的剧中人物。他责难你，是为了激起你的斗志和表演欲望，让你有更好的表现啊！"听了这番话，黄轩目瞪口呆，更为自己的幼稚羞愧不已。

有时候，别人对你的责难并不是讨厌你嫌弃你，他是心痛你"恨铁不成钢"，希望你不断进步，更加出色。而只有那些"知耻而后勇"、心态积极阳光的人，才能赢得别人的欣赏和尊敬，取得最后的成功。

载于《演讲与口才》

个人潜力是无限的，可是我们经常容易满足，以为挺好了，或者就这样了吧。如果没有人逼你一把，可能都不知道原来自己可以爆发出这么大的能量！

首富的谦逊

文/朱国勇

不辞小水，方能成就海洋；不积小善，无以圆满至德。

——星云大师

2010年3月11日，福布斯全球富豪排行榜发布，墨西哥电信老板卡洛斯·斯利姆·赫鲁以535亿美元的身价登上首富宝座，而曾经连续13次成为全球首富的美国人比尔·盖茨则以530亿美元的身价屈居第二位。

消息传来，墨西哥国内一片欢腾。许许多多的媒体记者蜂拥而至，聚集在墨西哥城郊的卡洛斯·斯利姆·赫鲁的豪宅门外。两个门卫不停地说着："对不起，先生们，赫鲁先生一向不喜欢接受采访，不好意思……"

然而，这些记者怎么舍得轻易离开呢？他们纷纷嚷着要面见赫鲁先生。

正在这时，赫鲁先生的管家从宅内走了出来："尊敬的朋友们，赫鲁先生正在花园里等着大家，欢迎采访！"

管家的话还没说完，门外已是一片欢腾。

花园里，年近七旬的赫鲁先生正坐在躺椅上，慈眉善目，笑容浅淡。记者们一拥而入，纷纷抢占有利位置，闪光灯开始不停闪烁。

“赫鲁先生，此次摘得全球首富的桂冠，您有什么感想?”

“赫鲁先生，您对当前全球的经济形势有什么看法?”

“……”

赫鲁先生轻轻抬起手来，示意大家不要说话，人群马上安静下来。

“感谢各位的光临，但是，我真没有什么好说的。我让大家来，只是想借此机会告诉大家，真正的首富并不是我，而是比尔·盖茨先生！因为，在过去的五年里，比尔·盖茨先生一共向社会捐出了高达240亿美元的个人财富。要不然，他的财富会远远超过我。而我，这次被评为新的首富，只能说明我为大家做得还很不够。对此，我感到十分遗憾。”说完这些，赫鲁先生转身缓缓离去。

现场短暂的一阵沉默之后，响起了雷鸣般的掌声。

这，就是世界新首富的坦诚！这，就是世界新首富的胸襟！

其实最近几年，赫鲁先生同样热衷于公益事业。他出巨资改造墨西哥城，还向贫困儿童免费捐赠9.5万辆自行车，9万副眼镜，并为15万名大学生提供奖学金……然而这些，他都没说，他只说“我对大家做得还很不够”。

一个人，不管他拥有多少财富，也不管他为大家付出多少，只要他的内心始终坚持“我为大家做得还很不够”，那么，不管他走到哪里，都将会是一位成功的人，都将会是一位受大众欢迎的人！

载于《意林文汇》

谦虚真的是很好的品质，一个虚怀若谷的人，什么时候都不会满足，什么时候都不会想要停止向前的脚步。

最美丽的交际——尊人显三度

文/张　盼

人应尊敬他自己，并应自视能配得上最高尚的东西。

——黑格尔

放低姿态，尊人显风度

1998 年，一个 28 岁的年轻人找了几个朋友合伙开了一家小网络公司，一次偶然的机会他去参加了一个有关互联网的企业家交流会。

在交流会当天，年轻人不禁发现自己穿得很是寒碜，其他人个个西装革履，衣着光鲜。而自己由于刚刚创业并没有多少钱，只穿着一件普通并且有点旧的黑色夹克，在会场中显得格格不入。年轻人有意坐在会场的一个角落，以避免引起更多人的注意。

交流会结束后，大家都在忙着互换名片，根本没有人注意他，他刚起身准备离开，突然一个声音传来：“嗨，小伙子，干嘛这么急着走，来了一次还没认识你们这些青年才俊呢。”

年轻人转身望去，只见一个老人边说边笑地看着他，年轻人仔细看了看，这个老人就是刚才第一个上台发言的企业家啊。年轻人又惊又喜，脱口而出道：

“您好，您找我有事吗？”

“没什么特别的事，主要想和你们年轻企业家聊聊，年轻人还是有想法的。”老企业家爽朗地笑道。

年轻人只得说出实情：“其实，我不是什么企业家，对互联网了解的也不深，我只是开了个小公司，来这里学习学习。”

“哦，是这样。”老企业家若有所思地点点头，马上又提高声音说道：“不懂没关系，企业家有不懂的很正常，慢慢学嘛。这是我的名片，请收下。”

年轻人惊愕地看着这位老企业家，不禁被他的尊重和谦逊所感动。年轻人回到公司后，把老企业家的名片放在自己的办公桌上，时刻提醒自己要像老人一样做个谦逊和尊重别人的人。

十几年过去了，年轻人成为了互联网领军人物之一，他就是知名天使投资人，360公司董事长周鸿祎。

周鸿祎常在演讲中提起那次令他尴尬又备受鼓舞的企业家交流会，他说，一张名片有多重？拿在手中很轻很轻，但老企业家称他为企业家并给他名片时让他有了无比的自信和勇气。这一路走来，他深深感受到这张名片所承载的重量。

转换角度，尊人显大度

1993年，一个从农村走出来的小伙子怀着对表演的热爱，报考北京电影学院，初试没过，就呆在北京流浪，跑龙套，当群众演员。

一次，年轻人又有机会去当群众演员了，他兴奋不已。在拍摄时，他只有三五秒的镜头，但是他依旧很用心。可令人没想到的是，在拍摄过程中，由于年轻人不小心，身体碰撞到了主演，导演一看，竟是个群众演员碰了主演，顿时怒从中来，指着年轻人的鼻子骂道："一个跑龙套的，怎么这么不长眼?"

年轻人吓得赶忙道歉，并极力解释自己并非有意。谁知主演却走到年轻人身边，拍拍他的肩膀说道："咱们都是演员，拍戏的时候难免会有碰撞，不必往心里去。"

一股暖流瞬间涌上年轻人的心头，这是他第一次被人尊称为演员，他被深深地感动了。

一旁的其他演员很是诧异，便问主演："他碰了您，导演替您训斥他几句也无可厚非，您可倒好，还反过来安慰他。"

"不，不!"主演反驳道："虽然他碰了我，但他是无意的，我如果动怒于他反而显得我很小气。不向无意的人动怒，这应该是对别人最起码的尊重。"

年轻人惊讶地看着主演，久久说不出话来，他暗暗下了决心，从今以后，一定要做一个真正的演员。

十年后，年轻人主演了人生的第一部电影，一举夺得东京电影节金麒麟奖，并在以后的影视道路上，获得了一个又一个了不起的荣誉。他就是郭晓东，一个从山区农村走出来的小伙子。

在做人交际方面，我们应该像主演那样，在受到别人的无意冒犯时，多站在别人的角度考虑问题，用一颗平等的心尊重别人。如此，不仅你的交际之路越走越宽，还有可能会成就别人。

凉菜暖心，尊人显高度

1990 年，一个年轻人高考落榜后，去了一个影视城做保安。他每天尽心尽职，兢兢业业，但还不时受到公司同事的嘲笑和讥讽，年轻人却早已习惯这种生活。

一天早上，影视城经理宣布，为了激励员工积极性，将选出一部分优秀员工晚上去星级酒店和董事长共进晚餐，所有人都激动不已，希望自己能够得到这次机会。

年轻人心想，自己只是个没人注意的保安，肯定没机会去和董事长共餐。但是他觉得如果别人去聚餐放松，自己也应该请个假休息休息，毕竟自己每天兢兢业业地工作，也很劳累。

年轻人中午来到经理办公室，说明来意，经理反问道：“怎么突然要请假呢?”

年轻人反应过来，今晚有不少人去聚餐，影院人手紧缺，经理肯定不会轻易准假。于是急中生智道：“呃，那个，我身体有点不舒服。”

“哦，这样啊。”经理遗憾地摇摇头。

年轻人心里一惊，莫非经理已经察觉到自己在撒谎。

“身体不适的话，那就好好休息吧，”经理拍了拍年轻人的肩膀，继续说道：“你今晚去不了的话，我让小陈帮你带些酒店的特色菜和好酒回来。不过，带回来时饭菜可能会凉，热一热再吃。”

年轻人顿时明白过来，当他无意中放弃与董事长进餐的机会，经理在为他惋惜的同时，还考虑到让别人帮他带些饭菜回来。而他只是一个小小的保安，这不禁使年轻人深受感动。

很多年过去了，这个年轻人一路坎坷，一路奋斗，最终成为中国最著名的主持人之一，他就是孟非。

在我们平时生活中，“帮你带些饭菜回来”，这是朋友之间最熟悉不过的对话，可这句话让孟非牢记至今，因为这是一个经理对一个保安的关心与尊重。孟非后来在一次访谈节目中说，当时的他只是一个小保安，他以为没人会关心他，尊重他。可那天晚上，经理让同事带回来的饭菜虽然已经是凉凉的了，却温暖了他的心。

载于《做人与处世》

尊重别人，显示的是自己的修养和品格。一个尊重别人的人，精神上是有高度的。

胡雪岩智退假古董

文/张珠容

巧者劳而智者忧，无能者无所求。

——庄子

晚清年间，胡雪岩刚创立“阜康”钱庄不久就接到了许多存款。钱庄的伙计因此提醒他：“老板，现在我们的存款越来越多，要想办法放放款才是。”胡雪岩却摇摇头：“我们只接受存款，不放款！”伙计吓坏了：“钱庄就是靠存放款的差额来赚取利润的，如果只存款不放款，我们如何生存?”

胡雪岩说：“放款的风险极大，如果放出去收不回来，就变成了死账，那会更糟糕。”原来，胡雪岩观察到了一个有趣的现象：有钱的人喜欢把钱存到钱庄里，但没钱的人也有自己的打算——他们会翻找家里值钱的东西当掉，然后想方设法做生意。“其实，银行是有钱人的当铺，当铺则是没钱人的银行。所以，我要把顾客存进来的钱拿去开当铺。”他说。

胡雪岩很快就开了一家当铺，还请了一个鉴定行家当掌柜。此后的日子里，钱庄和当铺在胡雪岩的诚信经营下赢得了许多人的信赖，生意越来越红火，大量的财富源源不断地流向胡雪岩的手里。但也正因为如此，不少人动起了歪心思，想方设法去骗胡雪岩这位活财神的钱。

一次，一个顾客神气活现地来到当铺，说要当掉手头一个商朝的玉器，并指名要见老板。掌柜被对方先声夺人的阵势镇住了，他接过玉器翻来覆去地看，越看越像是商朝的古董。他问对方要当多少钱，对方伸出三个手指头：“最少三百两银子，少了不当！”掌柜觉得价格太高，顾客于是一摆手：“看来你不识货，叫你们老板来！”

恰巧，这天胡雪岩不在，掌柜怕错失了宝贝，所以最终妥协了，给了这个顾客300两，留下了玉器。第二天，掌柜拿着玉器反复查看，还邀请了几个行家来一起鉴赏。没想到，来看的人一致说这只是一件假古董。掌柜一下子心就慌了，赶紧向老板胡雪岩汇报，并诚恳认错。

没想到，胡雪岩不但原谅了掌柜的失误，还让他去操办一场宴席：“我要请来附近的名流士绅，让他们欣赏这个商朝珍贵的古董！”掌柜听完眼睛都瞪大了：“老板，我们已经上当了，难道还要让别人上当吗？这样做生意还有良心吗？”

胡雪岩却微微一笑：“你按我说的去做就行。”

就这样，胡雪岩摆了几桌酒席，请来了附近的名流士绅。在大家吃到兴致最高的时候，胡雪岩吩咐伙计从二楼捧出那个玉器，并向大家隆重介绍说那是一个商朝的古董。没想到的是，伙计走着走着，突然脚下一滑，手中的玉器飞了出去，当场就砸了个稀巴烂。

在场所有人都被这突如其来的一幕吓了一跳，个个直呼“可惜”。胡雪岩见状，赶紧向大家作揖道歉：“由于我们的失误，今天害得大家没能欣赏到古董，真是扫兴，还望各位见谅！”

没过多久，大家就酒足饭饱，一一离开了胡雪岩的家。回去之后，这些名流士绅就把在宴会上看到的糗事当成笑料四处谈论。

几天之后，“胡雪岩打破了一个商朝古董”的消息就传进了那个典当骗子的耳朵里。骗子顿时激动万分：既然胡雪岩把我的东西摔破了，我就再去狠狠地敲诈一笔赔偿金！于是，骗子带着原先典当出来的300两银子来到了当铺。他恶狠狠地对胡雪岩说："我现在要赎回我的商朝古董，如果你今天交不出东西来，那么就算拿出1000两银子，也休想解决！"

胡雪岩二话不说就接过银票验证真伪，收下钱之后，他大手一挥，掌柜搬出了一个玉器交到了骗子手里。胡雪岩说："现在，我把玉器完好无损地交还给你。不过，有件事我得告诉你，伙计在宴会上摔破的那个玉器，比你手上的这个还假！"说完他哈哈大笑起来。

直到这个时候骗子才明白，当众摔古董不过是胡雪岩以其人之道还治其人之身，精心设置的一个局而已。他顿时羞愧得无地自容，抱着假古董灰溜溜地走了。

载于《小小说选刊》

偷鸡不成蚀把米，聪明反被聪明误。经常有些人自以为很聪明，其实不过是被人看在眼里的小丑。

做好分内事就能感动世界

文/梅若雪

做好每一件该做的事就是责任。

——王爱珍

1998 年，韩三平、张艺谋带了一个由三十多人组成的中国电影代表团访问美国。

在进行电影艺术交流时，听说王洛勇正在百老汇主演音乐剧《西贡小姐》。这可是一个不容错过的机会，他们很想欣赏王洛勇的演出。

然而，接待单位难以办到：且不说百老汇的戏，票价高达 120 美元，30 多个人，对方还真请不起，且王洛勇的戏，票是限购的。“那么直接找王洛勇吧！”有人提议说。

王洛勇待人一向热情豪爽，况且是国内来人了，他立刻满口应承下来，并表示这是应该尽的地主之谊。王洛勇立即去了百老汇剧院，预订当天晚上的票。没想到，票房的人也面有难色，说：“30 多张，太多了。按我的权限一个人最多只能买到 10 张。不过，实在需要的话，请打电话到伦敦，向老板喀麦隆请示。”

接到王洛勇的电话后，喀麦隆欣然应允。拿到票后，票房的人说：“洛勇，这个钱你可是要自己付的，所以得从你工资里边扣。”王洛勇笑了笑：“这个当然，我可没想到蹭票。”

一个星期过去了，他领到工资，回家一数，一分钱没少。他想可能是剧团忘记扣了；第二个星期，还是没少一分，这可让他不安起来：别是票房把这事给疏忽了！

他连忙去问，对方告诉他："没错的，那钱是喀麦隆先生出的。"他一下子愣在那里，有一种说不出的感动。

王洛勇当即把电话打给了喀麦隆先生，问他这么做的原因，喀麦隆说："因为这个戏你演了三年，没有请过一天病假，我感谢你；你担任这一角色以后，所有来看这个戏的亚洲观众，没有一个退票的，让我感动，我这是感谢你啊！"这次，王洛勇感动得流泪了。

其实，人们都被王洛勇感动了，他在百老汇演《西贡小姐》，演了 5 年半的时间，成功演出了 2478 场，票房收入达 3.7 亿美元。因此，他被美国媒体称为百老汇的"百年奇迹"。

专心致志做好分内的事，你能感动老板，从而感动自己，最终也许能成为奇迹，去感动整个世界。

载于《当代青年》

做好自己分内的事，就是为集体做了最大的贡献，自然也会赢得别人的尊敬。好多人好高骛远，结果到头来什么都没干好。

向尊重致敬

文/崔修建

对人不尊敬，首先就是对自己的不尊敬。

——惠特曼

1899年，俄罗斯著名画家列宾，第一次来到距离圣彼得堡仅有40公里的风光旖旎的芬兰湾，便深深迷恋上了这块有着天然油画色彩的土地。在那里生活了一个多月后，他越发喜欢上这块洋溢着艺术气息的风水宝地。于是，他毫不犹豫地买下芬兰湾岸边的一个庄园。庄园内有一栋三层的小木楼，附近是一湖清莹莹的碧水，四周则是茂密的橡树。列宾亲昵地给庄园命名为“别纳特”，俄语的意思是“老家”。

每天埋头绘画之余，列宾常常走出庄园，漫步于林中的幽深小径，倾听林间清脆的鸟鸣，嗅着橡树散发的清香。或者干脆坐在那些松软的树叶上，仔细地欣赏一只勤快的蜘蛛，怎样不辞辛苦地在树枝间编织一个漂亮的网，或者冲着那只迅急跑过的野兔欣然一笑。有时，他也会端坐在湖边，望着盈盈的湖水，细碎的阳光撒在肩头，温馨的风轻轻拂过，他的思绪会在一片沉浸的惬意中，悠然远去……

那绝对是一个静谧、安宁的理想的居所。许多作家和文化名人，也常常慕名前来别纳特庄园欢聚，像托尔斯泰、高尔基、叶赛宁、夏里亚平等人，都曾是庄园里的常客。

那是至今想来仍让人神往的一段好时光：一群才华横溢的艺术精英，怀着创作的热情和交往的真诚，聚拢在列宾的小木屋里，随意地坐着、站着、轻轻地走动着。壁炉里木柈子噼噼啪啪地燃烧着，桌上的咖啡飘着馨香，一个话题接着一个话题，轻松地交流、热烈地辩论，每一张脸上都洋溢着真诚与幸福。

有人说，列宾的“老家”是一个名副其实的艺术之家，是一个特别招人喜欢的艺术驿站。

然而，平静、自由的日子，还是一度被战争的硝烟冲散了。1942 年，纳粹德军隆隆的装甲车，冲入了芬兰湾，别纳特庄园也被占领了。率军进入庄园的德军上校冯·卡登是一个酷爱艺术的军官，很欣赏列宾的作品。他命令士兵仔细搜查庄园，期望能找到一张列宾的画作。然而，他失望了，庄园内有价值的东西已被悉数转移。

当摧毁已成习惯的纳粹士兵，欲将庄园付之一炬时，冯·卡登上校果断地上前制止了他们。他对士兵说了这样一句话：“我们可以参观艺术家的居所，但没有权力毁坏它。”说完，他郑重地向小木屋敬了一个军礼，带着他的队伍离开了。

因冯·卡登的一句话，别纳特庄园得以完好无损地保留下来。如今，那里已成为一个特别值得拜访的名人故居，每年都会接待许多来自世界各地的游客。每每听完讲解员介绍别纳特幸存的故事，总有游客情不自禁地对冯·卡登上校送上一份特别的敬意。

是的，冯·卡登上校对艺术家的尊重，正是对人类美好艺术的尊重。这样由衷的尊重，足以跨越民族、政治、信仰等鸿沟。这其中，闪耀的不只是一个人的艺术品位，更是一个人的精神境界。

数年后，站在当年冯·卡登上校敬礼的地方，我向他致以一个来自中国的普通游客真切的敬意。谢谢他，谢谢他不仅保住了一个艺术家的故居，也保护了我们无数心灵中那些柔软而温暖的东西。

载于《初中生之友》

尊重就像是镜子一样，反映一个人的德行，高尚的人更加高尚，粗鲁的人更加粗鲁。尊重别人，尊重艺术，自然也会赢得尊重。

刘德华湿身见“粉丝”

文/彭根成

爱人者，人恒爱之；敬人者，人恒敬之。

——《孟子·离娄下》

2014年12月的一天，由刘德华参演的一部新片在香港大澳开机。54岁的刘德华要亲自出演一段跳海逃生的戏。当天，该地气温低到11摄氏度，而这段戏要求演员要在冰冷的海水中浸泡30分钟，就是一个年轻的壮汉也很难承受得了。导演建议用替身演员，可刘德华却说什么都不同意。

“观众是要看我的戏，如果这段用替身出演，效果不能保证不说，并且如果观众知道了，难免会失望，所以这段戏我必须亲自出演。再说了，用替身出演，不能保证一次成功，还说不定要拍几次，这么冷的天气让谁做替身都承受不了。”导演实在拗不过，就安排工作人员在岸边多准备热水，等刘德华上岸后马上用热水取暖，取暖后再到更衣室换衣服。可是，就在拍摄的时候，有很多刘德华的“粉丝”赶到现场，非要一睹偶像的风采，还要合影留念。

刘德华刚从冰冷的海水里出来，还没等工作人员往他身上泼热水升温，就被一群“粉丝”围住了。工作人员急忙上去阻拦，刘德华摆手制止了他们：“这些粉丝也不容易，大老远从大陆赶来，为的就是能看我一眼或跟我合个影，如果连这一点小小的要求我都不能满足他们，该多伤他们的心啊！”

刘德华冒着严寒，边和“粉丝”拍照留念，边让剧组工作人员给自己浇热水升温取暖，就算这样，他还是被冻得直打哆嗦。当日，一位同时拍戏的演员问刘德华：“当时那么冷，你完全可以不见他们，或换完衣服再和他们见面，为什么冒着会感冒的风险硬撑着啊？”

“这些粉丝就是我的客人，客人从很远的地方来看望你，你怎么好意思让客人久等呢？”刘德华总是时时刻刻为别人着想，感动了身边所有的人。

载于《演讲与口才》

一个人之所以可以达到某种高度，肯定是有某种优秀的品质去支撑的。比如，真诚的态度和多为别人考虑的善心。

明理通达的“中国好搭档”

文/奇　清

人生得一知己足矣，斯世当以同怀视之。

——鲁迅

演小品和说相声一样，如要获得成功，搭档至关重要，除了性格上要互补、配合默契外，最重要的是两人都要明理通达。

1990 年夏天，中央电视台当时的名牌栏目《综艺大观》导演找到蔡明，让她自己找一个搭档，表演小品《借伞》。这个本子不错，伞是雨中开出的花，她要借来一把好“伞”，让这次演出成为舞台风雨中开出的一朵最美丽的花！可一连试了几个搭档后，蔡明总也找不到共用一把伞让心灵靠近心灵的感觉。

这时，有朋友向她推荐了总政话剧团的演员郭达。对于这个名字，蔡明并不陌生，她看过他表演的《产房门前》《换大米》等小品，那些皆是精品啊！

那时，郭达刚从西安话剧院调入北京，虽然没见过蔡明，但这个名字已深入在心。7 岁时，蔡明因为主演电影《海霞》成为被观众追捧的童星。后来《戴手铐的旅客》《生财有道》《泪洒姑苏》等影片的推出，更使让她享誉影视界。

一个星期后，两人表演的《借伞》如期播出，效果特别好，人们说，“他们的表演会让你平添一种感受：雨丝一再编织着曼妙，曼妙又被伞精致成了一首婉约之词，纷纷抖出了一个个意蕴无穷、妙趣横生的长短句”。从此这把“伞”便把他们联结在了一起。

“伞花”分外美丽，风风雨雨也是旅程中的常态。1993年，离春节还有两个多月，央视春晚节目组盛情邀请他们表演节目。蔡明是一个急性子，接到通知后，马不停蹄地行动起来：她四处找本子，联系服装道具。经过一个多月的辛苦努力，他们从众多本子中挑选了《黄土坡》，提前一个月住到了春晚剧组。

审查是极其严格的，一次、二次……直至五次，导演依然说：“还要修改。”虽说郭达是慢性子，却也架不住熬鹰一般的熬，萌生了打退堂鼓的想法。蔡明当然比他还急，可冷静想了想以后，说：“春节晚会几秒钟的广告就值几十万块钱，而我们的节目要占几十分钟，这要花费国家多少钱？不搞好怎么行！”

也不知改了多少遍，他们“共打一把伞”又走进的《黄土坡》，终于修成正果。除夕夜，两人在春晚舞台上一亮相便受到了人们的热捧：一个憨厚老实，一副受气包的样子；一个伶俐泼辣，敢作敢当风风火火。这种性格反差极大的人物形象，一下子就攫住了人们的视线，两人被观众称为“最佳组合”。

最佳组合也同机器一样要经过不断磨合。1996年春节前夕，他们排练小品《机器人》，道具要他们自行解决，那可够昂贵的。按照要求做了服装，他一穿，却有些鼓鼓囊囊的。蔡明说：“这可不行，你得去减肥。”他说：“不也能穿吗？”言下之意是“哪里用得着花这么大的气力去折腾！”结果两人拧上了，她的火气上来了，在排练现场拿起风衣，把包一背就走了，出门时撂下一句：“不排了！”

见蔡明扬长而去，郭达也气不打一处来：“不排就不排！”突然间没事可做了，他只得坐在那儿想，两个多小时后，终于想明白了：“她也不容易，作为一个女人，本子、服装、道具，哪一样不都是她跑前跑后弄的。再说，她要我减肥，还不是为了把小品演好，让观众更加喜欢吗。我作为一个男子汉，哪能这么小气量！”

心平气顺了，郭达要到她家里去找她，把戏继续排练下去。刚出排演大厅，就见蔡明坐在门口的椅子上看本子，他高兴极了，话中带着幽默：“减肥就减肥，又不是上刀山下火海，有什么难的！”蔡明的脸上随即也阳光灿烂起来，拉起他的手，回到排练大厅。磨合后的《机器人》让他们又获得了极大成功。

后来，两人一起演了《过年》《浪漫的事》《马大姐外传》《梦幻家园》《北京欢迎你》等众多小品，皆是观众不可忘记的经典记忆，可在那之后他们似乎不再给人这样的记忆了。

2004 年春节联欢晚会上，蔡明与英壮、王晴等人表演小品《带着孩子结婚》；郭达与郭冬临、杨蕾表演小品《一双袜子》。骤然分开，蔡明和郭达都很不适应，排练了好久都找不到感觉。他们彼此惦记着，排练间隙，总忙里偷闲地去看对方排练，由于他们相互中肯地出点子，结果两边的节目都顺利通过！

老搭档一下子分属两个战车，观众可不适应、不高兴了。对此，郭达解释说：“每接到一个新的小品本子，我们首先考虑的是是否符合对方。这一次实在是没接到适合我们的本子，我和她皆和别人组合，让大家觉得别扭，还请大家见谅！”蔡明也幽默地说：“请大家放心，我们会把‘达明一派’进行到底!”蔡明此说绝不会是一句空话，他们曾经分开过啊!

2002 年 6 月，蔡明回归电影，走进了《闲人马大姐》剧组，扮演女主角马大姐。导演要蔡明找一个扮演马大姐窝囊废丈夫的演员，并直接挑明：让郭达来。

蔡明一听，直摆手：“老郭不适合这个角色，你们不知道，郭达其实挺漂亮的。”导演仍不甘心，直到亲眼见到了郭达，才相信蔡明的话。郭达高高的个子，匀称的身材，有神的眼睛，还真是个帅哥儿。

搭档多年后第一次分开，蔡明很不好受，但她更担心郭达心中难过，便向他解释说：“我觉得你是不能随便接戏的，要演就演适合自己的角色。”一时分开是为了更好地在一起，郭达又怎会不理解蔡明的良苦用心!

蔡明与郭达被人们誉为“中国好搭档”，只因为蔡明明理，郭达通达。人生中要拥有好搭档，就得有一颗灵慧聪颖的心，有一个时刻为对方着想和大度包容的襟怀。

载于《做人与处世》

我们要多幸运，才能遇到这样一个人，懂你的脾气，有心照不宣的默契。这样的人，既是搭档，也是知己。

大师的善念

文/春　秋

鞠躬尽瘁，死而后已。

——诸葛亮

国学大师钱穆，在中小学教书时，认为考试分数没有明确的标准，只是用来区分学生成绩的优劣。因此，改卷时分数过八十就算高分，极少有在八十五分以上的。这样的话，一个班肯定有低于六十分以下的学生，分数不及格可以给一次补考及格的机会。他也把这个经验，运用到燕京大学的教学中。

钱穆刚到燕京大学时，教授两个班的国文，新生和二年级各一个班。一次月考时，他照例给了几个学生不及格。学生告诉他，按燕大的规定，新生月考不及格就必须退学。

钱穆见学生有来自福建、广东等地的，上了一个月就要退学，他们能到哪里去呢？因此，他赶紧到考务办公室索取考卷，想更改分数，对方说学校没有这样的先例。他说“我是今年新来的老师，不知道学校有这个规定，否则新生月考决不会给以不及格的分数。”

对方说：“此乃私情，你现在不知道学校的规定，所批分数更可见你的公正无私。”

钱穆说：“我一人批分数是我一人之私，学校不能凭我一人之私以为公，我心有不安，一定要取回另批。”

对方十分为难，与校方商量后才表示同意。最后，钱穆取回试卷重新批过再报到学校，因此新生就没有退学的了。

著名历史学家、教育家傅斯年，1949 年任台湾大学校长。作为校长，他首先想到的是如何发掘到高材生加以鼓励，因此他特意举行全校作文竞赛，颁发奖金。他亲自出题阅卷，看到好文章就约作者面谈。有一次他看到一篇好文章，极为欣赏作者的文才。在两人谈话时，他了解到该生家境贫寒又患深度近视，就问他为什么不戴眼镜，该生默然不答。

1950 年 12 月 20 日，傅斯年患脑溢血去世。没几天，卫生署的刘瑞恒来到他家，交给傅夫人俞大彩一副眼镜。俞大彩问是怎么回事，刘瑞恒说这是傅斯年专门托他到香港为一个学生配的。俞大彩接过眼镜，说要给钱，对方连连摇着双手说："不用了，孟真（傅斯年的字）早已付给我了！"这是傅斯年为学生办的最后一件事。

著名思想家、教育家蔡元培，1901 年在上海南洋公学教书，他经常向学生灌输革命思想，因此学生动辄批评时政，对清廷表示不满。学校当局唯恐被政府取缔，就下令严禁学生谈论时政。

一些学生为了表示抗议，竟愤而退学。外地学生离校后，住在小旅馆中，几乎无法生活，他们便派代表向中国教育会求助。蔡元培、吴稚晖等老师是中国教育会的主要成员，当时就接受了学生的请求。蔡元培自告奋勇，四处奔走找好友贷款。

当他准备去南京时，他的长子还生着重病。蔡元培为了不让二百多个学生饿肚子，不顾爱子病重，毅然启程。全校师生十分感动，纷纷送他到轮船码头。

正当大家挥手告别之际，蔡家的佣人气喘吁吁地赶来，高声大喊："先生！大少爷不行了，你赶快回去！"蔡元培心如刀绞，含泪启程。三天后，蔡元培带着一千多块大洋回到上海，暂时解决了学生的伙食问题，但是他再也看不到爱子了。

三位大师不仅治学严谨、学识渊博、诲人不倦，而且心地善良、爱生如子。其文品人格高风亮节，堪为楷模，为后人所仰慕。

载于《做人与处世》

既然做不到大师的学问，那就学习大师的精神；学不到精神，那就请学习大师的生活态度吧。

5 元胜过 300 万

文/朱国勇

帮助他人的同时也帮助了自己。

——罗夫·瓦尔多·爱默森

1916 年，英国人发明了坦克。同年，9 月 15 日，英国首批六十辆坦克投入了索姆河战役，立即就显示出了强大的战斗力。从此，坦克被誉为“陆战之王”。

1926 年初，奉系张作霖耗资 300 万银元，从法国人手中购入了六辆坦克。看着威风凛凛的坦克，张作霖得意不已，他觉得，统一中国的时候到了。也难怪张作霖得意，当时的中国军队使用的都是落后的步枪，跟坦克根本无法抗衡。

1926 年 8 月，张作霖挥师南下，直逼北平。

驻守北平的，是冯玉祥的国民军，双方军队在居庸关一带拉开了阵势，战势一触即发。

冯玉祥忧心忡忡；8 月 4 日，他乘车从北平赶往前线指挥部——南口镇。

然而，刚到南口镇东街头，就发生了一个小插曲。两个衣衫褴褛的黑瘦中年汉子，泣不成声地拦住了冯玉祥的汽车。卫兵高喊了一声“大帅小心！”便举起了枪，冯玉祥拦住了卫兵，这两位不像刺客。几十年的风雨历练，冯玉祥对自己的直觉很自信。

汽车还没停稳，那两个中年汉子就“扑通”一声跪下了，哽咽地乞求：“长官啊，行行好吧！我女儿就快病死了，给两块大洋救命啊！”原来，这是一对兄弟，姓陈，是当地有名的猎户。陈老大终身未娶，陈老二的老婆去年生病去世了，留下一个女孩儿，十五岁，兄弟俩当命根子一样宠着。

跨步下了汽车，冯玉祥的心中蓦然充满了一种悲悯。狼烟四起，到处都是难民啊，什么时候老百姓才能过上安宁幸福的生活呢？

在路旁一座低矮黑暗的民房内，冯玉祥看到了那个生病昏迷的女孩子。挺好的一个女孩儿，穿着紫红的破棉袄，娟秀的五官，正发着高烧，脸蛋红彤彤的。

冯玉祥轻轻放下五块银元：“快给孩子找医生吧，不能再耽搁了。”

两个中年汉子“扑通”一声又跪了下来：“长官啊，您留个姓名吧，来生我们做牛做马也要报答您！”

冯玉祥转身走了，这种凄楚的场面，看得久了，他担心自己的眼泪会流下来。卫兵拉起了陈家兄弟，说：“这位是国民军的冯玉祥大帅。”

冯玉祥的汽车开出了老远，陈老二还在喃喃自语：“孩子她娘，我们遇到贵人了。孩子有救了！是冯大帅，冯玉祥大帅……”

冯玉祥到了指挥部后，还是放心不下，那个女孩红彤彤的面庞始终在他眼前闪现。他吩咐卫兵带着军医，去给小女孩看病。

8 月 7 日，战斗打响了，张作霖坦克的威力一下子就显露了出来。登山渡水，如履平地，而且枪炮不惧。尽管冯玉祥做了周密部署，国民军依然节节败退，损失惨重。短短三天，国民军就战死 4000 多人，丢失了建平、赤峰等大部分地区。

8 月 11 日，张作霖发起了总攻，他要一举拿下居庸关。

张作霖指挥六辆坦克，排成一个方阵，发起了冲锋。大批士兵如蚂蚁一般，密密麻麻地跟在坦克后面。冯玉祥的国民军凭借山势险要，苦苦支撑，死战不退。

临近中午，一辆坦克冲到了国民军的阵地前，坦克上的机枪肆虐地喷吐着火舌，国民军的士兵一个接一个地倒下了。眼看阵地就要丢失，正在这危急时刻，山石后面突然跳出来一个人，正是陈老大。只见他敏捷地跳下山石，几步跃到坦克侧翼，那是坦克火力的盲点。

陈老大举起猎枪，“砰”的一声响，猎枪中的散弹四散溅出，有不少散弹蹿进了坦克的瞭望孔。紧接着，那坦克摇头摆尾地乱窜了几步，就窝在那里不动了。

见这情景，冯玉祥的国民军爆发出了一阵欢呼。这时，陈老二也从山石后面跳了出来，只见他手中抱着五六管猎枪。他一边把猎枪分发给士兵，一边说：“坦克的瞭望孔小，只有猎枪的散弹才可以对付……”

接下来，战事发生了戏剧性的变化。张作霖的坦克肆无忌惮地冲在前面，把掩护坦克的士兵远远抛在身后。坦克只要一冲上来，陈老大、陈老二他们就蹿到坦克的火力盲点上，用猎枪朝着瞭望孔向坦克内部射击。

不大一会儿工夫，张作霖的六辆坦克就报销了四辆，余下两辆一见情况不妙，掉头就跑。张作霖的军队兵败如山倒，冯玉祥的国民军乘胜追击，缴获大量军备，抓住许多战俘，取得了空前胜利。

就这样，张作霖耗资三百万银元的六辆坦克，被几杆猎枪击败了。仅仅因为，冯玉祥救了一位少女，付出五块大洋。

战后，冯玉祥要嘉奖陈氏兄弟，却被陈家兄弟拒绝了：“大帅，您是我们陈家的大恩人啊！我们兄弟就是拼了这两条老命，也值！哪能要奖赏？”

冯玉祥感慨不已，他没想到，自己一时无心的善举，竟然挽救了整个国民军，甚至可以说是改变了中国历史的走势。若是没有这几管猎枪，他真不敢想象，借着坦克，张作霖的东北军会不会一举打下北平，接着席卷全国。

在日记里，冯玉祥用八个字对这件事进行了总结：“岂惟人力，亦是天意！”

这就是号称“陆战之王”的坦克在中国大地上的第一次亮相，它居然如此灰头灰脸地败在了几管猎枪之下。

群雄逐鹿，得民心者得天下。一个心中有善的人，是不会轻易失败的！

载于《读者》

我们给别人施与的爱，不知道会在什么时候派上用场。当然，我们施与别人爱，也不是为了让别人报答自己。可是好人总是会有好报的。

你真是个好孩子

文/木　子

赞扬是一种精明、隐秘和巧妙的奉承，它从不同的方面满足给予赞扬和得到赞扬的人们。

——拉罗什夫科

“黑柳彻子，你站起来，你真是个不听话的孩子，你就喜欢看着窗外！”讲台上，一个年轻的女老师突然发出严厉的喊声，班上的同学全都扭过头去，看着那个叫黑柳彻子的人。

一个六、七岁的小姑娘听到老师叫她，立刻从座位上站了起来，可眼睛还不时瞥向窗外。

老师怒气冲冲地走到小姑娘的跟前，顺着小姑娘的视线向窗外看去，窗外只有一片寂静，什么也没有。老师不解地问：“这窗外什么也没有，你为什么总喜欢看窗外？”

小姑娘稚嫩地回答道：“不，我看到了操场上有几只小鸟在飞来飞去，还有阳光照在树叶上闪烁着金色的光芒，我还感受到风从操场上刮过的声音。”

老师气急败坏地怒吼道：“黑柳彻子，你还敢和老师犟嘴？明天把你妈喊来，如果再这样下去，就将你开除！”

黑柳彻子上小学二年级，什么东西在她眼里都要观察个不停。那个年轻的女老师，已将她的妈妈喊来多次了，可效果一点也不明显。

放学了，小姑娘蹦蹦跳跳地走出校门，忽然，她看到母亲站在校门口的一棵树下在向她招手。小姑娘欢喜地喊了一声妈妈，然后张开双臂向母亲跑去。

母亲蹲下身子，紧紧地拥抱着女儿。小姑娘忽然发现母亲哭了，吃惊地问道："妈妈，您怎么哭了？"

母亲用手抹着眼泪说道："彻子，妈跟您商量一件事，我们换一所学校上学好吗？"

小姑娘拍着手叫道："只要有操场、小鸟和闪烁着金色光芒的树叶，那我就去。"

母亲听了，眼泪又哗哗地流了下来。其实母亲不忍心告诉女儿，她是被学校开除了，她要为女儿重新找一所学校。

母亲带女儿到了一所名叫巴学园的小学校，小姑娘一进校园，就看到了操场四周有小树；小树上的叶子还闪烁着金色的光芒，小姑娘张开双臂高声欢呼着，在操场上欢快地奔跑起来。

小女孩欢快的笑声，吸引了操场上一个满头银发老伯伯的眼光，老伯伯用手招呼道："小姑娘过来，你叫什么名字啊？"

小姑娘跑到老人的跟前，笑道："伯伯好，我叫黑柳彻子，是刚转到这所学校的。"

老人笑着问："我们这所学校好吗？"

小姑娘仰起头，眨着一双清澈、明亮的眼睛说道："好，这所学校里有操场、小鸟，还有闪烁着金色光芒的树叶，是我理想的学校。"

老伯伯欢喜地用手在小姑娘的头上摸了一下说道："你真是个好孩子！"

小姑娘听了，愣愣地望着老伯伯，眼泪突然流了下来。老人吃惊地问道："小姑娘，你怎么哭啦？"

小姑娘抹了一把眼泪，哽咽道："我是第一次听人说我是个好孩子，在以前那所学校里，老师都叫我是个傻丫头，一点也不喜欢我。”

老伯拉起小姑娘的手说：“不要哭了，我说你是个好孩子就一定是个好孩子，走，我带你到新班报到去。”

彻子在巴学园开始了一种崭新的生活，她感到快乐极了。她还常常站在窗前眺望着窗外，她看到，操场上不时有小鸟从天空中飞过，小树上的叶子闪烁着金色的光芒……

时间过得真快啊，黑柳彻子在巴学园度过了难忘的少年时光，那个喜欢静静地伏在窗前看窗外景致的小姑娘，渐渐长成大人了。

那是一个温暖的午后，黑柳彻子又伏在窗前，眺望着窗外的景致。这时，少年时代在巴学园学习的情景，像电影蒙太奇一样，在她眼前闪现。

突然，有一种灵感在脑里闪现，她转身坐在写字台前，铺开稿纸，写下了一行字：窗边的小豆豆。随后，她一口气写了下去，写了一个名叫小豆豆的小姑娘，在巴学园的快乐成长旅程。

书稿很快写完了，她将书稿投到出版社。很快，这本名叫《窗边的小豆豆》的书出版了。这本书一出版，立刻轰动了日本，人们被书中的故事深深打动了。

这本书还被翻译成世界许多国家的文字，成为世界发行量最大的书籍。人们说，这本书就像是一面镜子，发现了我们在教育问题上所遇到的困惑和痛苦的根源。

黑柳彻子在接受记者采访时说道：“小时候，我曾被学校开除，后来我转学到了巴学园，在这所学校里，我感受到了平等、关爱、尊重和理解。特别是小林校长对我说的那句话，‘你真是个好孩子’！让我一辈子都难以忘怀，也使我成长为一个充满自信、快乐和勇敢的人。教育并不复杂，有时仅仅一句‘你真是个好孩子’！就能彻底改变一个人。”

载于《演讲与口才》

有一种爱不需要你去做些什么，只需要一声安慰或者鼓励，便可以让对方重拾生活的信心，便可以很好的成长。不要吝啬你的赞美，这样或许就会让一个人重新燃起对生活的信心。

医者仁心

文/孙道荣

关爱，温暖了别人，升华了自己。

——佚名

每次去浙医二院看病，都会被大厅里的一张放大的老照片吸引。

老照片上一老一少，两个人面对面地鞠躬致礼。孩子四五岁的样子，穿着厚厚的老式对襟棉袄，头戴瓜皮帽，双手交叉在前，弯腰鞠躬，憨态可掬。站在孩子对面与孩子相互鞠躬的，是穿着皮鞋和西服也戴着礼帽的一位长者，他的身子几乎弯成九十度角，让人担心，头上的帽子随时会掉下来。

鞠躬是旧时国人之间的大礼，孩子向大人、长辈、尊者鞠躬致意，是很正常的。可是，却很少看见大人、长辈、尊者，向孩子鞠躬的。细辨，老者还是一位外国人，这就更奇怪了。

老照片背后，有一个感人的故事。这张老照片，拍于100多年前，照片上的老者，是这家医院的前身广济医院的院长，苏格兰医生梅藤更，而孩子是梅医生的一名小患者。一天，梅医生清早查房时，一位小患者彬彬有礼地站在病房门口向梅医生鞠躬，深谙中国礼数的梅医生也深深鞠躬回礼，这一温馨场景恰好被一名摄影师记录下来，遂成经典瞬间。

梅滕更，1856 年出生于苏格兰西南部艾尔郡。1881 年，

25 岁的梅滕更完成医学培训课程后，和结婚才两个月的新婚妻子一起来到杭州。在教会的资助下，梅滕更和他的助手建起“广济医院”，取“广济救世”之意，它就是浙医二院的前身。

梅医生在这里整整工作了 45 年，直到退休回国。1881 年他到杭州时，医院简陋之极：没有自来水、没有电、没有药房、没有手术室，而他离任时，广济医院已经拥有了 500 张病床、3 个手术室、住院病人 4000 例左右，成为全国最大的西医医院之一。

在浙医二院，至今还流传着许多关于梅医生和病人之间的温馨故事。一个广为人道的小故事，也是梅医生和一名小患者之间的。当年有个四五岁的小病人，从来不笑，冬天，他穿着厚棉袄，像个矮脚鸡。梅医生就模仿大公鸡，把腰弯下来再慢慢直起，身子尽量往后仰，学着公鸡的样子，“咯咯咯”打鸣，小病人被逗得忍不住哈哈大笑。

逗病童开心，与小患者鞠躬行大礼，这都不是一个医生所必须做的，也与医术无关。但是我相信，对这两名小患者来说，外国人梅滕更不仅是个医生，还是个慈祥的长者。在为他们解除病痛的同时，也带给他们快乐，还有平等和尊严。

在梅滕更的自传中，他提到理想的好医生应该具备 3 个 H，即 Head（头脑）、Hand（技能）、Heart（良心）。知识和技能，可以治好病患的疾病，而良心，则是润滑医患关系最好的一剂良药。

很多时候，一名好医生缺少的往往既不是 Head（头脑），也不是 Hand（技能），而恰恰是 Heart（良心）。浙医二院将这张老照片放在大厅里，想要表达的，也正是医生和患者都无限向往的那种和谐、温暖的医患关系吧。

我认识一位老医生，很难说他的医术有多高，他连正规的医学院都没上过，属于半路出家，但是，周边的老人都喜欢找他看病。我也陪家中的老人去找他看过病，检查完了开好了药，他都会让病人到药房拿了药之后再来一趟。告诉病人，哪个药是饭前吃的哪个药是饭后吃的，吃药期间有什么忌口啊等等。末了，再叮嘱几句，别贪凉，莫吃生食，不要再抽烟了等。病人一一记住，连声道谢而去，对每一个病人，他都这样不厌其烦。

老医生所做的，其实就是比别的医生多嘱咐了那么一两句话，这句话，未必治病，但肯定温暖人心，有时候，甚至比药还管用。

载于《做人与处世》

有时候医术甚至不是第一位的，而是爱心。一个心怀爱心的人，一定是对患者负责的。

教师中的“狗头金”

文/大　可

要是一个人将他的全部人格、全部生活都奉献给一种道德追求，要是他拥有这样的力量，一切其他的人在这方面和这个人相比起来都显得渺小的时候，那我们在这个人的身上就看到了崇高的善。

——车尔尼雪夫斯基

浙江大学连续多年都出现了“挖矿热”，这个“矿”就是数学系教授、《微积分》课程负责人——56 岁的苏德矿。

他在浙江大学任教 20 余载，被学生们亲切地称为“矿叔”，昔日的“矿叔”渐渐喊成了“矿爷”，他还自嘲说：“再过几年就该叫‘矿渣’了，但矿渣也好，起码还有点用处。”其实苏德矿就是一块金矿，而且是一块“狗头金”。

人们都知道“狗头金”有两大特点：一是含金量极高，可遇不可求；二是往往因露于地表而被人发现，“露于地表”即与人亲近。苏德矿在教学中总在与学生们拉近距离，与一些把学问“藏”起来，只迷恋于科研的人比较，“矿爷”这一点也就显得难能可贵。

为了拉近和学生们的心灵距离，苏德矿让自己成为一个很有文艺范儿的人。讲课前，他会放上一段学生们爱听的音乐，如 2014 年央视春晚上的《卷珠帘》火起来后，青年歌手霍尊的这支歌便成了苏教授课前的保留节目。

不但播放学生们偶像的歌曲，“矿爷”也会自当“偶像”，在讲课中他会引吭高歌。他说，让自己变得具有“文艺范儿”，只是要活跃课堂气氛，吸引学生们的注意力。

他的课堂气氛一直就非常活跃，“从前有棵树，叫高数，上面挂了很多人；旁边有座坟，叫微积分，里面埋葬了很多人。”微积分中怎么就葬了人呢？因为学起来都是泪啊！

这是苏德矿的经验之谈，而这样的话听起来就像听段子。如此富有感情的“桥段”，“矿爷”在讲课中常常会信手拈来，“如果有一天，高数和线性代数相爱了，高数带着线性代数远走高飞，从此消失在校园里，这将是我们听过的最美好的爱情故事。”

还有如，“开车为什么会撞树？因为朝着大树的方向，再一个，就是车速太快。”苏德矿这时会卖个关子，然后才把方向导数亮出来，“在 P 点沿 L 方向的函数值的变化率，跟撞树一样，一个是方向，一个是速度。”

就这样，曾让多少大学生抓耳挠腮、焦头烂额的高等数学，一下子变成了牵肠挂肚要去上的课。学校从来没有过的事情也就出现了——他的《微积分》课程按规定只能让 150 人选课，结果却是 3000 人同时选，学院不得不找一间尽可能大的教室，可最大的教室也只能容纳 300 人。

即使如同中彩票一般成了 300 人中的一名，也并不意味着就一定能听到苏教授的课，因为讲授《微积分》时，连过道上和教室后排都挤满了学生，有一大半人是没选上课来旁听的。所以要占到一个座位，必须提前半个小时到教室，否则连站的地方也没有了。

“能听到‘矿爷’的课太难了！”在抱怨声中，2003 年 2 月底，苏教授不得不专门开设了一个微博。尽管他近视 1000

多度，平时医生就嘱咐他少接触电子产品，可他还是把手机从4.7寸的屏幕换到了6.3寸，依然坚持每天花三四个小时在微博上做《微积分》答疑。短短一年时间，他就发了11600多条微博，平均一天要解决15个左右的问题，考前复习高峰期每天大约要回复100多条。

就这样，“矿爷”的微博名气越来越大，除了浙大的学生，甚至全国各地的学生都会发微博向他求助，他也总能做到有问必答。

“在浙大，苏德矿的课你一定要去上。”浙大把这句话写在自制的学生手册里，届届相传。因此大一新生一入学，就知道了苏德矿的大名。由于名声大，教课充满情感，在课堂外，有学生在情感问题上也会向他咨询。

“当你喜欢一个人，他的每一点变化你都看在眼里，别人都变成了常数，TA才是唯一变量。”这是他在讲解偏导函数时一位女生发来的一则短信。

课间，苏教授回复道：“你如果用数学的思想，就不应当这么直白，应当先和他认识，然后在一起学习。等到毕业，最后取极限——领结婚证，就成一家人了。这就像在数学上，取近似，越来越无限地接近，最后取极限就得到了精确值，所谓的逼近理论。”这种别具特色的回复，让女生豁然而悟。

一心扑在教学上，使得“矿爷”成为一块含金量极高的“狗头金”，学校也乐于为他添金。2014年9月8日，浙大授予苏德矿“心平奖”特等奖，奖金100万元，“矿爷”成了学校第一个获此殊荣的人。

载于《当代青年》

其实我们看到的是一位普通的大学教授无比耀眼的人格魅力，他充满童趣可是不流俗，诙谐而不失风度。这样的老师同学们怎么会不爱呢？

第五辑

巴　金　的　真

正是由于巴金在文学新时期的勇往直前，义无反顾地为真实的作品鸣锣开道，才为敢于说真话的作家复出中国文坛起到保驾护航的作用。言行一致说得容易，做起来难，这也是巴金成为“当代世界伟大的作家之一”的先决条件。

把足球踢到太空去

文/大　可

任何卓越的胜利总多少是大胆的成果。

——雨果

“嗨！能不能加入你们啊？”就是这样一句话，让他一步步向着更为宽广的天地跨越。

儿时的他，除了功课就爱运动，什么乒乓球、皮球、踢毽子等，在小伙伴中，他都能把很多人比下去。念小学四年级时，一次偶然的机会，他踢了一次足球，这才知道居然有如此有趣的运动项目可以让人为之痴迷、为之癫狂。

然而，他所居住的地方，方圆附近很少有足球场。当看见别人踢足球时，他特别渴望参与，可球队已不缺球员，没有人理会他，每次他都只得怏怏离去。

一次，他又见到一群少年人在绿茵场上奔跑、腾挪、跳跃，疯狂挥洒着青春朝气……他在一旁看着，热血沸腾，终于鼓起勇气：“嗨！能不能加入你们啊？”

没想到迎来的竟是笑脸和点头，这让他非常激动，原来实现愿望就只需要一点点勇气。从此，那原本不多的绿茵场上，总能见到他那矫健灵动的身影。绿茵场也在他心中一天天扩展着，成为他奔向远方的梦。

由此，他踢球的技术日益增强，也越来越自信，他说，我就是“东单C罗”。大一时，他不用太费劲就拿下了全校足球冠军。

他是电子科技大学的高材生，1999年大学毕业后，进入西门子公司工作。公司非常器重他，没多久，就被派到特拉维夫参加培训。

在特拉维夫，有一天他似乎听到一种召唤声：去耶路撒冷看一看，那儿也许正进行着一场高水平的足球赛。同事却阻止他：很危险！因为当时以色列枪击爆炸案频发，但他一点也不在意，如期起程。

就是这次培训让他明白，他的足迹是不能只囿于中国的。在西门子不到两年，已是公司高管的他向老板递交了辞呈。同事们都以为他要跳槽，老板也觉得自己被愚弄了。没想到他只是带着一双足球鞋、一个2010年世界杯用球、一只打气筒就上路了。他要看到世界上顶级水平的足球赛，要让自己的足球水平离世界顶级水平差距不会太大。

他的这次远行，让他收获多多。如一些国家能踢球的场地实在太多，坐两三站地铁就有一片草地和一群踢球的人。但他不是逢球就踢，只是高水平对决时，他就要求参加。如在巴西里约，他偶遇America俱乐部职业队正在进行练习赛，走到场边便用他一惯的口气说：“嗨！能不能加入你们啊？”结果，他作为替补上场踢了25分钟，打入两球，让他顿时“有一种业余球员突然冲进世界杯的感觉”。

一路走一路踢球，让他感受最深的是那些队员们的认真劲儿。他曾在纽约踢了两场球，所有队员一旦带球被抢断，马上就会进行反抢；不小心摔倒在地，没有任何犹豫就会起身追球；被对手突破，没有沮丧，马上积极补位……

就这样，在392天里，他从欧洲出发，再走印度和东南亚，接着是非洲，然后是北美、南美和南极洲，最后去澳洲，和 25 个国家的足球队切磋和学习技艺。他说，语言不通不是问题，如西班牙语他只会数数，在手机上装一个谷歌翻译，就靠这个与人交流。

梦想有多远，脚步就会有多远，人们甚至已经不怀疑他能到达世界的尽头了。然而，这次他竟让人再次惊讶得合不拢嘴了，因为地球已经容纳不下他了。

在南美的时候，他看到了一个“凌仕太空行”的计划，嗨，上太空，太美妙了！他还是说出了惯常的那句话：“嗨！能不能加入你们啊？”他被登记了，在接下来的网络投票中，他成为中国区海选出的三名选手之一。

进入美国 NASA 太空训练营后，人们还是不住向他泼冷水：“看看另外两个人吧！是明星韩庚和果壳网创始人姬十三啊，你就是去打酱油的。”然而，选拔结果出炉，成绩最好的他第一个获得了“太空船票”。不错，他就是 1988 年出生于成都的赵行德。

太空选拔测试，考验的是体能、热情、勇气、真实和团队合作。大学毕业后，他的朋友忙着工作、恋爱、结婚、买房，赵行德却满世界跑，每年要踢 40 场足球，体能自然最好，至于热情和勇气原本就是他的特长。这些当然重要，不过真正让他拿下决定性分数的，是他在团队合作中的出色表现。

考官给了他们一人箱材料，要求队员们组装一个火箭并且发射。为了体现“创意”，同队的法国人和香港人决定用曼妥思加可乐来实现火箭喷射。赵行德心想：这也太 low 了吧？这次他并不是“嗨！能不能加入你们啊？”而是从箱子中找出来一个真正的组装火箭“配方”，连推进剂都有。

当赵行德提出“嗨！你们能不能加入我的实验啊？”却遭到了队友们的拒绝。正如他所预料的一样，可乐火箭只发射了半米高就惨遭失败。考官却因此记住了赵行德：“这位先生明确告诉了大家一个更简单明确的方法，可惜你们都没听他的。”

2015年，赵行德将要把足球踢到太空去。在NASA太空训练营，他一次次进行着此项训练。

“嗨！能不能加入你们啊？”此是热情，是勇气，自然也是技艺不断提高的过程。结果是：“嗨！你们能不能加入我的实验啊？”也就能自信满满地获得“太空船票”，让自己的梦升到高高的太空去。

载于《当代青年》

有时候能够成功，不过就是因为有很大的勇气，仅此而已。俗话说，撑死胆大的，饿死胆小的。细想一下，不无道理。

智慧的死角

文/庐江布衣

贪婪是许多祸事的原因。

——伊索

他叫高云川，在1855年的濮州，他是一名响当当的人物。

1855年8月1日，黄河在河南兰考北岸的铜瓦厢决口。一夜之间，汹涌的黄河水将口门刷宽至七八十丈，湍急的河水自赵王河一路南下，经山东濮州、河南范县，至张秋镇，最后流入大清河入海。这是黄河近代最大的一次改道，受灾民众达到几百万人。

刚改道的黄河河道并不稳定，时有决口现象发生，两岸民众为了躲避水灾，纷纷远迁他乡。从河南兰考经濮州再到范县，居然形成了一个几百公里长的狭长无人区。

就在这时，高云川出现了，他不但没有随着广大民众逃离，反而把家安在濮州的黄河堤坝上。他高薪雇佣民工，在黄河岸上建了一家客栈，并且倾尽家产在客栈门前修建了一个港口。很多人都笑高云川疯了，这样的无人区，哪来的生意？

然而，仅仅半年不到，高云川就赚了个盆满钵满，原来，黄河是当时最重要的交通、运输路线之一。对黄河上的船工与旅客而言，高云川的客栈是这数百公里范围内唯一的歇脚点。

生意最红时候，高云川客栈门前的港口里停着近百条船。

一时间，高云川名震黄河两岸，他过人的商业眼光与投资智慧，成了坊间老百姓们茶余饭后最津津乐道的谈资。

如果事情就照这样发展下去，以高云川的智慧，他或许能和胡雪岩一样成为一代名商。可惜的是，1862 年 6 月，大雨连降四十三天，高云川客栈所在的河堤决堤，高云川与他攒下的万贯家财全被大水冲得不知所踪。

其实，早在河堤决堤前的二十多天，就有伙计提醒高云川，客栈所在地出现了裂缝。更有许多有经验的老船工说，水势太大，让高云川先撤离一段时间。

可是，当年那般睿智远见的高云川，这一回，竟然像被猪油蒙了心一样，丝毫不为所动。除了让二十几名伙计挑土补岸以外，他没有一点儿撤离的打算。

高云川在黄河岸边打滚了五十多年，面对如此浩大的水势，难道他就看不出险情吗?

不是的！高云川早就看出了险情，而且以他的智慧与眼光，他看得比任何人都要清。可他为什么偏偏不愿撤离呢?

原来，港口里停着一百多条船，客栈里住着五百多位船工与旅客，连大厅里都住满了人。一天下来，客栈就有几百两银子的收入！他是舍不得撤离啊！

这些日子里，高云川开始进香礼佛，希望得到神灵的庇佑，他心存着侥幸。就算是溃堤，也不一定就发生在客栈所在地吧？虽然他心里明白，因为修建港口，客栈所在地的河堤已经受到较大的侵蚀。如果溃堤的话，最有可能，就是发生在客栈所在地。

终于，6 月 24 日深夜，惊天一声巨响，溃堤了！智慧无比的高云川与他那曾经红火无比的客栈全部没入了汪洋。

高云川的智慧是尽人皆知的，但是任何时候，贪欲，都是智慧的死角！一旦贪欲占了上风，再智慧的人，也会犯下十分低级的错误。

载于《特别关注》

经常听人说，聪明一世，糊涂一时，就因为这一时，毁了一世。贪欲真的是可以要人命的东西，钻在钱眼儿里的人，看得到商机，却看不到后果。

爱到深处是封冻

文/段奇清

爱情只有当它是自由自在时，才会叶茂花繁，认为爱情是某种义务的思想只能置爱情于死地。只消一句话：你应当爱某个人，就足以使你对这个人恨之入骨。

——罗素

“天憎梅浪发，故下封枝雪”。常有人会蒙受不白之冤，被怨憎和迫害。那段时间，她和他的人生中的雪下得好大，四处一片皓白，仿佛要封冻住他们生命中的一切。

1934 年，她出生于一个知识分子家庭。父亲从事教育工作，让她对有学问的人从骨子里仰慕和敬重。她十四岁就是北京一名地下党员，新中国刚成立时，她从北京第三女子中学以优异的成绩毕业。国家百废待举，急需人才的学校近水楼台先得月，把她留下来做了一名政治教员。

1952 年的一天，学校通知她参加一个会议，告诉她中宣部理论宣传处的一名干部要来校作政策理论宣讲。那时，她对这名干部并没有什么了解，会场上，她静静听着。她发现他出口成章，文采飞扬，说出来的话冼练深邃，非饱学之士不能如此。她那热情、活泼的两只大眼睛愈发明亮起来。

在众多的听众当中，她的那双眼睛就像两朵灼灼其华的梅花，更像两枚明明亮亮的星子，一下子让他情感的原野芬芳起来，让他爱的天幕一片灿然。他喜欢上了她，她也认定他就是自己青春闺梦中屡屡出现的那个身影，两人由此拉开了相知相爱的帷幕。

从那以后，他们写信、打电话、见面、散步、逛公园、看电影、吃冰棍或冰淇淋，差不多每天都会抽出一定时间在一起。但他们在一起主要的不是看电影、吃冰淇淋，更多的是谈政治，因为她有太多的迷惑，太多想知道的问题，关于世界、关于中国、关于人生、关于福楼拜、莫泊桑……

而他就像一个全能的上帝，侃侃而谈，言必中的，准确精到，总能让她豁然开朗。她入迷地听着，看着她大而明亮的美丽眼睛，他会情不自禁地把她搂在怀中亲吻着。她没有一点儿反抗，只觉得幸福。

然而，她的父母并不看好她的恋情。因为她太过天真，不适于与政治太接近，当然更不能做像他这样一个政治经济学家的爱人。此外，她只是一个普通教师，两人地位悬殊。他还比她大了十九岁，但对于她那如铁的决心，父母只好妥协了，但命运并不向她做出任何妥协。

也许她要跟上爱人的步伐，也许是他的答疑解惑让她有了不一般的人生和政治见解。在“帮助领导”的号召下，她说了“陆定一这人有点粗暴”的话。父母的话一语成谶，从此厄运像一个恶魔死死缠上了她。这是1957年，她于年底被打成“右派分子”。

对党那么热情赤诚、襟怀坦白的人怎么会是右派？他向组织写信为她申诉，却丝毫不起作用。更让他想不通的是，针对领导个人生活作风提的意见，为什么要被无限上纲上线，被定性为“向党猖狂进攻”？思想转不过弯来，跟不上形势，组织就要触及他的灵魂，他被不断“补课”，最后有关领导让他与她离婚。

“不流泪来心似铁，寸肠千结”。这让他肝肠寸断，将痛苦的泪水往肚里咽，心却似铁般要和妻子不分离。不光这样，他还骑着自行车到百里之外的劳改农场为妻子送营养品。由此，他被人举报“不与右派妻子离婚，瞒着组织相会”。之后，相关部门针对他开了多次组织生活会，并严厉地告诉他，只有与妻子离婚才有出路。否则，不说他的工作难保，就连她也罪加几等。

为了保住他的前程，让孩子有一个正常工作的父亲，也避免自己陷入更大的苦难中，她含泪提出与他离婚。而此时的她，正怀着他们的第三个孩子，这让她更有着敲骨吸髓之痛。

从此，她在极其艰难中度日。携手相将，花前月下，只是成了一种记忆；那些成双成对的过往，只能在低眉垂首之间，如同梦幻泡影般在眼前呈现。而有关部门似乎连这样的梦也不让她做，为了彻底让她断了对他的念想，在她刚刚生下孩子后，便勒令她重新组建家庭，与右派教员聂宝珣结婚。她不愿意，他们就让刚生了孩子的她到农场做重体力劳动。

不久，身心并痛使得她患了心包炎。她从农场回到北京第三女子中学，学校让她继续劳动改造：在地下室里种蘑菇。那时正处于饥荒年，各单位设法生产食品自救。

见到许多即将饿死的人被她种出的蘑菇救活，即使日夜劳作她也觉得不再那么累。由于“改造”得好，1961 年年底，她被摘掉右派帽子，做了学校的一名资料员。见她的日子逐渐恢复正常，1962 年秋，他也组建了自己的新家庭。

她和他似乎不再有交集，一切也似乎云开日出。他做行政与研究工作，她教书育人，抚养他们的三个女儿和与聂宝珣生下的一个女儿。“天将奇艳与寒梅，乍惊繁杏腊前开”。虽说自己经历了寒彻骨髓的冬天，但她的四个女儿一个个出落得如花似玉一般，人生又欲何求！

“大片纷纷小片轻，雨和风击更纵横”。然而，她生命中的一场更大的雨雪向她粗暴地袭来。1966 年，“文革”开始，她再次受到斗争和迫害。造反派用细铁丝在她脖子上挂了四块沉重的砖头，鲜血从细铁丝勒进的皮肉处流了出来。接着，那些疯狂至极的“造反派”让她继续挂着砖头，强迫她在玻璃上爬行，她的双腿、双手顿时鲜血淋漓。

更让她寒心的是，他按月供给孩子们的抚养费也中断了。因为“文革”开始后，他的处境也非常艰难，中宣部被称为“阎王殿”，陆定一、周扬分别是大阎王、二阎王，他则是“阎王殿”里的“大判官”。他被打倒，关进牛棚，接受劳动改造。

1968 年，“清理阶级队伍运动”开始了，她又成了被审查、被斗争的对象。7 月 11 日晚，北京第三女子中学“革委会”主任宣布她是“没改造好的右派”，将在第二天下午开全校大会重新给她戴上“右派分子的帽子”。然而，这样的事永远也不会来了，次日中午有人报告她吊死在了一个废弃的厕所中。“革委会”宣布她自绝于党，自绝于人民。这一年，她年仅三十四岁。她就是孙历生，他是于光远。

1978 年，她的女儿们为她举行追悼会，发出了一百张请柬，到会的却有几百人，但于光远没有出席。他一生中出版了近百本著作，却没有哪一本写到孙历生。

有人说，于光远作为“社会科学家、哲学家、经济学家”“党的高级干部”，却没能保护住他深爱的人，使得他无法解释也无法自谅，只能回避，只能对这段人生刻骨铭心的感情进行封冻。

可不是，于光远曾痛哭着告诉他们的大女儿于小红，在孙历生“自杀”几个星期前，他找过她，告诉她组织要“清理阶级队伍”，她可能再次受到批斗，让她有思想准备。但他没想到这次竟会是诀别。

也许正是这种"通风报信"，让孙历生感到人生天地的寒冷，她认为自己很难抵抗得住了，于是将花一般的生命交付给了一根扭扭曲曲的绳子。还有"陆定一这人有点粗暴"的话，她并不在中宣部工作，对这个"大阎王"哪里会了解。她能说出这样的话，未必不与他的"答疑解惑"有关。也许这些都成了他心中永远的痛。

春风春雨，夏云夏霞，秋花秋月，冬雪冬霜。2013 年 9 月 26 日，他怀着这种痛离开了人世，与善始却不能与善终，他与心爱的女人在九泉之下相见去了。

爱到深处是封冻，或许这样的封冻难免让人感到萧瑟冷肃。而正是这种封冻，才能唤醒世界给爱一个温暖明丽的环境，使得爱如春草春花般一样生机盎然。

载于《做人与处世》

爱情的方式有好多种，有的爱是甜蜜的，有些却令人难以下咽。爱情在一定程度上，是一种捉摸不透的东西。

有时“忘本”是超脱

文/奇　清

保守是舒服的产物。

——高尔基

大凡人都会不忘根本，不忘那些对自己具有特别意义的事。不忘本，也就知道饮水思源，懂得感恩。不过，世界是复杂的，世上的事情并非尽皆如此。

人以食为天，食即人之根本。“食不厌精，脍不厌细”，根本之根本就是要把食材做成美味佳肴，泰国有一个叫沙马的人就熟稔此道。

1935 年出生的他在电视台曾长达七年主持一档名为《边品尝，边抱怨》的烹饪节目，沙马有一道名菜“可口可乐炖猪肘”，非常好吃却并不难做：大锅中放入五只猪肘，倒上四瓶可口可乐，先大火再文火烹制三小时即成。他还创造出了全能酱料“泰国味精”。

老子曾经说“治大国，若烹小鲜”，泰国人也许对老子的这句话感受太深了。2007 年年底，泰国民众把沙马推上了总理的宝座。

沙马或许并没想到自己会有这么一天，在潜意识里他总会感激自己的这一本领，并自觉不自觉地将其显露出来。比如，在其官邸，他常常会下厨做上几道美食招待到访的官员；到泰国和柬埔寨边境慰问士兵时，他也不忘用野外行军锅炒几个菜；他来中国参加 2008 年北京奥运会的开幕式时，在泰国驻华大使馆里亲自掌勺，让运动员见识了他不凡的厨艺。

有时感激也会让人着魔，沙马更是念念不忘那让他走进人们视野的电视烹饪节目，即便政务繁忙，他也仍然参加了四次烹饪节目录制，不成想这让他惹上了大麻烦。

原来，这四次节目录制收取了电视公司的8 万泰铢（当时约合1.6 万元人民币）的酬金。而泰国宪法有规定：内阁成员不得受雇于私营公司，也不得从事兼职工作，以免与公共利益发生冲突。

在法院找上沙马的麻烦后，他解释说：“8 万元泰铢是他的司机私下所收，并且全部用作车马费以及购买节目中所使用的食材上了。”但法院并没有接受沙马的说法，在 2008 年 9 月 9 日，判定他主持节目收费违宪，并褫夺了他的总理职务。

法院的判决出来时，沙马正在泰国东北部一个城镇考察。对于这个结果，他说:“我别无选择，只能服从。”就这样，沙马成了泰国历史上第一位被法院判决因违宪而下台的总理。

当你只是一个烹饪师时，你烹制出了许多美味，也就抓住了民众之根本，同时也抓住了自己的人生之根本。如果你有幸被民众推举成为“治大国”的官员，倘或依然去“烹小鲜”，且忙得不亦乐乎，而忘了“治大国”的责任，也就丢了人生之根本。

有些事，尽管它成全了你，也可以将它忘一忘，如此才能适应新的身份，能在新的岗位上做出更好的业绩，满足人们对你新的期盼。

有时“忘本”是一种超脱和大度，它能让你因时而化，顺势而为，做出更有益于时代与大众的事。

载于《做人与处世》

“忘本”是为了不循规蹈矩，“忘本”的根本目的是为了创新，我们得理解其中的含义。

强弱之道

文/卓然客

强中自有强中手，一山还比一山高。

——谚语

公元1346年，刘伯温隐居于镇江北固山，一面读书治学，一面招村童讲授儒学。刘伯温能谋善断、精通医理，经常为村民解决疑难，不久就名闻一方，被村民们称为“贤士”。

一天，刘伯温立在危岩之上，骋目遐思。山风浩荡，刘伯温的长衫随风飘舞。

这时，山下来了一位年轻人，年轻人修长消瘦，一脸苦恼：“先生，我在东市卖菜，虽然利润微薄，却也过得日子。可惜最近冒出几个痞子，非要向我收保护费，要是给了他，我的日子就没法维持了！”

刘伯温笑笑，问年轻人：“你姓什么？住哪里？”

年轻人答道：“我姓孟，住在山前李家庄。”

刘伯温捋捋胡须，一副胸有成竹的样子：“好，我教你一个办法。你准备一把利刃，痞子再来时，你朝他大腿上猛扎一刀。”

年轻人心有疑虑：“这能成吗？”

刘伯温肯定地说：“我这法子，不仅能解你眼前之困，还能保你一生无忧。”

年轻人刚走，又来了一位矮黑粗壮的汉子。汉子声音洪亮：“先生，我在西市卖肉，都十几年了。昨天，竟然来了几个痞子，要收什么保护费。我哪能给他交保护费？我本打算将他们教训一顿，是我老婆拦住了我。她说您世事洞明，让我来问问您该怎么办。”

刘伯温慈祥地笑了：“你姓什么，住在哪里？”

汉子回答：“我姓王，住在王家大庄。”

刘伯温说：“你啊，就应该给他保护费。不仅要给，还要买菜沽酒，请痞子们饱餐一顿。”

汉子惊讶得两只眼睛瞪得跟铜铃一般：“先生，我没听错吧？”

“你没有听错，照我说的做，可保你平安无事。”

汉子闷闷无语，半天，才咕哝一声：“好，我且听你的。”

汉子转身离云时，刘伯温又叮嘱道：“你记着，请痞子吃饭时，要多请族人、朋友相陪。”

在一旁园子里种菜的弟子，把这一切都看在了眼里。弟子很纳闷，就问刘伯温：“同样一个问题，您教给他们的解决方法怎么会截然相反呢？”

刘伯温是这样解释的：年轻人姓孟，孟姓是小姓，在当地人丁单薄。而菜市场三教九流鱼龙混杂，这年轻人又生性怯懦，就算交了保护费，也难保不再受别人欺负。我教他手持利刃，独战群痞，可以让他一战成名，从此无人敢欺！那个汉子姓王，孔武有力，杀猪出身。王姓，又是当地大户，族人数千。我让他宴请痞子，再多请朋友族人作陪，就是向痞子展示实力。一场酒席下来，他多半就成了痞子拉拢的对象。痞子们不但会退还他的保护费，从此，还会成为他的朋友。

“弱小者，要教之以刚强；强大者，要辅之以变通。”刘伯温最后这样总结到。

弟子听了，钦佩不已。人心虽异，世理皆同！江湖智慧，儒家心肠，在刘伯温身上得到了完美的诠释。

几天后，汉子上山来向刘伯温道谢："痞子不但不要我交保护费了，还一个劲地要跟我交朋友。"又过了几天，年轻人也来向刘伯温道谢："大师，我一连刺伤了两名痞子。现在，几十个卖菜的都团结在我身边，痞子们再也不敢来了。"

刘伯温颔首微笑。长天，流云飞渡；山下，如蚁人寰。

弱者不可示弱，强者不可恃强！此理，千古不易！

载于《经典文摘》

现实往往是，弱者更容易屈服；而强者更加恃强凌弱。所以，这个世界终究是不公平的。

周洪斌：从生活困顿到千万富豪

文/袁恒雷

一个人有了远大的理想，就是在最艰苦的时候，也会感到幸福。

——徐特立

他出生在天津，父母是普通职工。他最初接触漫画是在小学二年级，当时班上流行《龙珠》《圣斗士》《童话大王》。父亲为了培养他的爱好，就带他逛书店，问他想买什么书？他毫不犹豫地选了《龙珠》。

《龙珠》买回家后，彻底打动了他，把他看得又哭又笑。盗版的《龙珠》成了他少年时代的启蒙读物，自此后，这个天津男孩正式成为了漫画迷。

少年时代的他最初以为漫画是在电脑上一按就出来的，不是人画的，觉得太复杂了，非人力所能及。直到上了初中，看到本土的《画书大王》，13岁的他才如梦初醒！母亲担心他看漫画会影响学习，便把他的漫画书、漫画杂志“收缴”后藏了起来。于是，他开始在纸上通过临摹学习画画。

此时的他已经确立了人生目标——画漫画！所以，他觉得以后读的学校必须对自己画漫画起到帮助！抱着这个想法，初中读完后，他上了技术学校——主修服装设计。他说：“这个专业跟漫画有点关系，首先能画画，其次学校管得不严，相对轻松自由。而且我母亲当时考虑到即使我画得不好，以后还有一技之长，可以去当裁缝。”

爱好漫画那么久，他觉得自己是时候投几篇稿子了。于是他开始频繁给《少年漫画》投稿，间或写一些自己对漫画的感想一并投过去。

出人意料的是，他的漫画并没有发表，对漫画的感想却作为读者来信发表了。看到自己的文字变成了铅字，他感到特别兴奋，于是决定继续画漫画，继续投稿，不发表誓不罢休！

将近一年后，他的漫画处女作终于发表了，100 块一张，总共发了 8 张，拿了 800 元稿费，他感觉棒极了！

技校读完后，他又读了三年大专，毕业那年，他 22 岁。在学校老师的介绍下，他去了一家公司实习，工作是画插画。但工资每月只有四五百元，吃完饭后所剩无几，平常买瓶饮料都不够。他意识到不能再这么干下去了。实习一结束，他便立志靠画漫画养活自己。他觉得自己都这么大了，不能再向父母要钱了。

当时的漫画期刊并不景气，他环顾四周，发现不少报刊在连载四格漫画！所谓“四格漫画”就是以四个画面分格来完成一个小故事或一个创意点子的表现形式。

他顿时眼前一亮，决心试一试。他去报刊亭收集信息，看哪个杂志有四格漫画或插图，然后记录下联系方式和编辑姓名，寄一些自己的作品过去。对方一旦有兴趣就会联系他，然后他们电话沟通，有针对性地投稿。如此一个月后，他悄悄地统计收到的稿费，一个月竟然挣了近 4000 元，比一些漫画刊物上的职业画家挣得还多！

此后，他什么杂志都看，只要觉得适合自己，就去试试。给这里画点，给那里画点。两年后，他的连载漫画结集出版，首印 6 万册。此时的他，已经在本土原创漫画圈子里有了一定的知名度。2005 年前后，他开始广撒网，很多新创刊的漫画杂志都有他的连载。但同时他意识到自己正在画的幽默漫画不是曾经感动过自己的那种，他希望画故事加幽默二合一的漫画，能让读者哭又能让读者笑的那种。

2006 年 1 月，在湖北武汉，一本名为《知音漫客》的漫画杂志创刊。该刊创始人专门带着样刊去天津找到他，两个月后，他的作品《烈火街球》在这本杂志上连载。经过一年多对故事漫画的摸索，他和编辑一起总结了经验，于 2007 年开始推出力作《偷星九月天》。连载后很快获得读者追捧，长期占据《知音漫客》人气漫画第一名的宝座，一直到今天。

这部人气漫画的作者叫周洪斌，在 2011 年度，周洪斌的版税收入高达 10848272 元，加上此前连载的版税收入，总计 1830 万元。从生活困顿到千万富豪，周洪斌仅用了五年时间。

载于《意林》

有特长是件很棒的事，但不是每一个有特长的人，都能靠自己的特长吃饭的。想依靠特长吃饭，那方法就只有一个：勤奋，再勤奋，然后坚持到底。

做得少但做得好

文/清　翔

永远谨慎乃是至高无上的价值。

——马克·吐温

职业网站“玻璃门”，最近评选出的2014年全美50位最佳CEO中，领英公司的杰夫·韦纳名列第一。而且他还创下了一项无法被超越的纪录——员工满意率100%。

领英的联合创始人、公司现任主席的雷德·霍夫曼曾这样评价韦纳的管理哲学：“他做得更少，但做得更好”。此可谓一语中的。

1992年，韦纳毕业于著名的宾夕法尼亚大学沃顿商学院，两年后进入华纳兄弟公司。不久，韦纳晋升为华纳兄弟网络事务部副总裁，没过多长时间，他离开了华纳兄弟，之后，韦纳进入华纳兄弟公司的前CEO特里·塞梅尔创办的投资公司“温莎媒体”；2001年，塞梅尔到雅虎出任CEO时，把韦纳也带在身边；2008年韦纳离去。

韦纳本来热衷于互联网工作，可他在这个行当一再选择辞职，当然有各种原因，但主要是嫌自己的工作太忙。

辞职后的韦纳在两家知名风投公司任常驻执行官。不久，其中一家公司投资的领英公司陷入困境，韦纳临危受命，出任该公司的临时总裁，并于2009年6月正式成为CEO。

领英公司成立于2002年12月，2003年5月上线，是一个有关职场的社交平台。这是一家充满活力，但没有明确目标的新兴公司。“不要那么忙，不要做些‘无用功’。”韦纳说。一上任他就果断地取消了几个前景黯淡的项目，把为企业人力资源部门和猎头公司提供服务作为核心业务。

事情没那么多了，但如何做得更好？他的策略之一，就是积累高端专业人士用户群，吸引各行业的精英。如通过社交和移动领域的精英Instagram公司联合创始人凯文·西斯特罗姆，吸引来食品酒业领域的精英The Culinistas创始人吉尔·多宁菲尔德，继而吸引来艺术设计领域的精英奥图扎拉品牌创始人约瑟夫·奥图扎拉、科技领域的精英Cloudera创始人杰弗·哈默巴赫、能源领域的精英光帆能源创始人丹妮尔·方等。通过精英吸引精英，最终把领英打造成了一个专业人士聚集的网上社区。

在业务定位上，不同于脸谱网侧重于交友，推特擅长消息推送，领英就是“严肃的生意人做严肃生意的地方”网，也就是将生意与个人生活区分开。用户可以放心地和同事、老板或潜在雇主在领英上交流，在领英上不必担心有人会看到类似你在脸谱网上发的周六派对的疯狂照片。

领英的盈利主要来自付费账户、广告销售及为企业提供招聘解决方案。公司可以在付费后进入其数据库，按照自己的要求筛选人才，这种招聘方式，其成本比找猎头公司低得多。比如世界第二大酿酒集团英国南非米勒酿酒公司，他们曾借助领英招聘了120人，光节省费用就高达120万美元。

近两年，领英的移动领域增长最为迅猛，只因为他们为精英们提供了极有价值的信息。如美国房地产领域的精英“下一步房地产公司”创始人布莱尔·勃兰特韦纳，一次，他要去见一位名叫麦克·米勒的客户，这是他们的首次会晤。在途中，他就在领英上查找到对方的信息，发现他们都爱好绘画，有了这一共同点，就等于找到了一扇沟通的大门。

领英不仅能为会员提供极为有用的交流信息、就业机会，还在会员间的互动活动中创造了许多商机。如一位荷兰用户对自己 iPhone 手机的电池寿命太短感到恼火，在领英平台上问其他会员是否遇到同样问题。结果，一家专门开发苹果手机电池的中国公司与他联系，推荐了自己的产品。这位荷兰用户对这种电池十分满意，经过一番接洽最后成为该电池的分销商。

领英“精英、严肃”的高端路线取得了极大成功，许多会员都把自己的领英账号印在名片上，表明高端人士对韦纳这一精英社区理念的高度认同。

韦纳本人除了精英人士所具有的大气、睿智外，还有两个特别之处。一个是每天抽出两小时来“无所事事”，推掉一切会议与安排，安静地一个人独处，以用来思考。另一个是每天早上他都会把感激的人或事写下来，在一天之中有时间就大声念出来，他说：“这是让我保持内心幸福的好方法。”这两点也是他“做得更少，但做得更好”的重要保障。

众人拾柴火焰高，为增强企业的合力与活力，他让员工也保有一份内心的幸福，领英向员工免费提供包括太极、健身舞、活力瑜珈等培训。为帮助员工开阔视野，领英还请来全国广播公司《周六晚直播》栏目的主笔西思·梅尔斯、《高效能人士的七个习惯》一书作者弗雷德·考夫曼、印度全身心治愈大师狄巴克·乔布拉等世界级的演讲者为员工演讲，这样的演讲最多时一个月有 3 场。公司还为每位员工提供每年 5000 美元的教育基金，用于参加与工作有关的培训。因为内心幸福，员工们在工作中充满创意，做到了“做得更少，但做得更好”。

2011 年领英公司上市，发行价每股 45 美元，当天就翻了一番。目前公司股价是 170 美元，市值超过了 200 亿美元。由于股票表现吸人眼球，韦纳的收入也在 2013 年增长了 40 倍，由 2012 年的 120 万美元增加到 4900 万美元。

在韦纳的领导下，领英已发展成为全球最大的职业社交网站，会员遍布 200 多个国家和地区，总数超过 3 亿人。

“秀干终成栋，精钢不作钩”，看准目标、提纲挈领，做最需要做的事并将其做到最好，也就能事半功倍、以一当十，让你成为时代的宠儿与行业翘楚。

载于《中学生》

删繁就简三秋树，立异标新二月花。把事情做精，业务精了，还怕效益不好吗？

张绍民：73个字赢得一辆小汽车

文/范文超

不经一番彻骨寒，怎得梅花扑鼻香？

——范成大

他出生在湖南益阳，在他十岁左右的时候，父亲收藏的《四大名著》成了他最好的玩伴。他对这几本书可谓爱不释手，时常借着做晚饭炉灶里的火光阅读，不认识的字就直接跳过去。

上初中后，每逢周末他必定早睡早起，步行三十多里地到镇上的图书室看书，看完后扭头往家跑，一跑就是两个小时。也就是在这个时候，他的偏科情况逐渐严重起来，他喜欢语文、历史、地理，害怕数理化。他说："每次上数理化，我就发呆，怕得要死，担心老师点我回答问题，我不会答呀！"

到了高中，他的阅读面更加开阔，学校旁边有租书店，他省吃俭用，攒够钱就租书。高一下学期，学校有爱好文学的同学组织出版一本刻蜡纸的油印诗歌刊物《极光》，刊物主编却是位喜欢诗歌的物理老师。

他的写作生涯便以这份简单的油印刊物起步了，很快他就成为这本刊物的知名作者，他这样写雨："闪电怀孕了/生下一场雨/她的孩子顶天立地"；他这样写甘蔗的甜："水在甘蔗那里/过上了甜蜜的日子"；他这样写飘零的落叶："树叶从树枝上跳下/边跳边说/我下来啦；他说“旋涡是水的戒指”；他说“把饭碗翻过来/就成了一座坟”……

由于高考并不理想，他读了湖南师大中文系的自费生，而自费与统招生待遇有明显差别。在大三那年，他以第一人称的视角，写了三个自费中文系学生以自卑、奋斗、写作为主题的中篇小说，题为《中文系》，投给了湖南知名度最高的文学刊物《芙蓉》。

小说一投就发表了，他得了三四百元的稿费。拿到这笔稿费后，他的全家非常欣喜，马上拿去买了自家田地需要的化肥农药。他父亲写得一手好字，这之后老人家常常替他誊写稿件，誊写好再去投。

《中文系》的顺利发表给他以巨大鼓舞，他开始搜罗身边的期刊杂志——《今古传奇》《中华传奇》《中国服饰文化》《女友》等等，然后根据这些刊物的特点，写不同的题材，有的放矢地投稿。他的作品在大江南北逐渐地开了花，但仍然是小打小闹。

大学毕业后，他在湖南一家电视台干了近一年，每天做的事情就是写稿、洗车、搞卫生、端茶送水、给领导刷鞋子。他发觉前途无望，转正无期，单纯靠写稿又养不起自己，于是在1997年春节去了深圳，在一家企业谋生。当时，他的月薪1200元，自己留200元，其余都寄回老家，资助家里盖新房。

1997年寒冬，他应邀去北京参加青春诗会。诗会上，他脱口而出：“闪电不能修改”“泥土与水已经很旧了”“水吃到寒冷才会露出骨头”等等，这些即兴佳句让许多成名已久的诗人惊诧不已。

诗会结束后，他在北京转了转。这里浓郁的文艺气氛、深厚的文化底蕴让他已有些沉寂的文艺梦想被再次激活。他当即决定留下发展，先是在出版社做编辑，学习出版知识，后来自己离职单干，尝试着编辑策划一些书。

2005 年，全国精短文学大赛拉开帷幕，他获悉后，花了十分钟，创作一首 73 个字的诗《从前的灯光》投了过去："吹灭掉灯/黑暗就回了家/许多夜里/我们灭灯聊天/节约煤油/那天来客/深冬的黑夜/娘点亮两盏煤油灯/灯光亮出了白天/屋里堆满光的积雪/没有好吃的/娘用灯光/招待客人"。

这首短诗最终获得了特等奖"金拇指奖"——奖品是一辆小汽车，而评委是他听说过而没见过的一些人——方方、李锐、迟子建、陈村、周国平、韩少功、蒋子丹。

2011 年 11 月，在沉积了相当长一段时间后，他推出了自己的力作——长篇小说《刀王的盛宴》，而这部作品得到了名家贾平凹、邹静之、麦家的鼎力推荐。

从一个借着火光读书的小男孩，到推出万言大作并得到名家肯定，一路风光，一路坎坷。他就是张绍民。

载于《做人与处世》

奋斗路上就是这样曲折，跌跌撞撞，最后撞开了成功的大门。去努力追寻吧，为了梦想和远方，留下一路风尘一路歌。

做一个正直的人

文/韩　青

走正直诚实的生活道路，必定会有一个问心无愧的归宿。

——高尔基

阿瑟·戈森说："正直的人都是抗震的，他们似乎有一种内在的平静。"这样的平静，能制动、制乱，有了它，生活和内心就不会脱离正常的轨道。从这个意义上来说，正直像航线，能给人以方向；正直像灯塔，能给人以光明。

那么，怎样做一个正直的人呢？

要做正直的人，就要敢于直言。宋仁宗时期的扬士奇就以直言著称。有一次，一个叫弋谦的大理寺少卿，在上书奏事时言辞激烈，仁宗因此有些生气。想讨好仁宗的大臣们，便趁机指责弋谦"沽名钓誉、有失大体"，并要求仁宗治罪于弋谦。就在这时，扬士奇挺身而出，对仁宗说："弋谦是应陛下的号召陈言的，如果加罪于他，今后谁还敢说话呢？他的言辞虽然激烈，但并没有触犯什么条例，哪能因此治罪于他呢？"仁宗听他这么一说，顿时认识到了自己的错误，马上改变了对弋谦的态度，并且对他说："卿素来清直，好好为朕办事，不要有什么疑惧！"并提升弋谦为副都御史，而且，仁宗还下了一道诏书，自责自己的过失。

当然，这样的直言，像狂风暴雨，弄不好还会遭遇打击、葬身其中。但是，正直的人，对此没有丝毫担心或畏惧。除此之外，还有一种直言，像和风细雨，缓缓拂面而来。

作为大师级的画家，黄永玉创作了很多经典之作。有些评论家给他的画作赋予了极高的评价，对其画作的寓意进行了高度的阐释，认为他在创作时，心里就有了一个非常高尚的创作动机，其画作“诠释了生命的内涵”“传递了不屈的生活意蕴”……

曾有记者就此当面向他求证，询问他在创作时是否如评论家所说的那样？而他却说：“我作画就是为了开心过瘾，没有那么多的意义要讲。”这样的直言没有人为的拔高或降低，展现了本我的个性和魅力。这样的人，还有一个美名——大君子。

要做正直的人，还应该做正直的事。当代理学大师马一浮，是个有风骨的文人。当年，孔祥熙的母亲去世，孔派人找到他，请他替其母亲写一篇歌颂功德的墓志铭。他客气地回绝：“老朽已经年迈，久不执笔写文章了，请回复孔部长，恕难从命。”来人快快而归。

孔祥熙并不死心，再派人向他请求，并许以黄金若干两为酬劳。这次，他听说是金钱交易，顿时从椅子上站起来，冷冷地说：“我虽一介寒儒，但从不为五斗米折腰，你请回吧！”来人只得悻悻而返。事实往往是，一个人一旦做了不该做的事，那往往就成了他正直开始沦陷的起点。所以，正直的人，从来就懂得防微杜渐。

如果说正直的言行是枝叶，那么正直的灵魂才是我们的根，没有根，一切都是空中楼阁。而一个正直的人，往往都是正道而行，以诚待人。其真诚不会因为你是名人或凡人而产生不同的标准，即使面对那些暂时还处在困境中或尚未出名的人时，也会一视同仁。当年，作家姜贵创作完成了长篇小说《今梼杌传》，但多次被退稿。最后只好自费印刷了一部分，分送给亲朋好友。其中，他也寄了一本给名家胡适，请胡适“指正”。胡适很认真地读完之后，还写了一封信给他，就书中的问题提出了自己的看法，并对这本书给予了极高的评价。

后来该书再版时，胡适的这封信就成了它的的代序，此书因此引起台湾各方的广泛关注。事实上，不少名家在收到普通作者寄来的请求“指正”的书籍后，往往都是随便翻翻，敷衍了事。胡适却没有这样做，因为他有一颗严谨正直的心。

而一颗严谨正直的心必须懂得拒绝。泰戈尔说：“在鸟的翅膀上系上黄金，它就飞不起来了。”一个严谨正直的人更是如此，必须拒绝那些名利、权势、财富等身外之物，而身外之物往往属于欲望的内容，这个内容丰富了，正直的内容自然就匮乏乃至消失殆尽。

载于《做人与处世》

君子坦荡荡，小人常戚戚。一个正直的人，无论何时都是光明正大的，都是洒脱的。

划过叛逆之河的摆渡人

文/段功蔚

青春的特征乃是动不动就要背叛自己，即使身旁没有诱惑的力量。

——莎士比亚

他的书卖得火，可以说火得有些“丧心病狂”。其实，书中的30多个短故事，买书的大多在他的微博上看过，而正因为看过才痴情追随。

在签名售书中，一个女子买了他两本书，一本上要他给自己的宝宝写上一句话；另一本也让他签了名，说是要送给“她未来的他”。这是一个遭受生活变故的女子，虽说心中有伤痛，但她并不沉沦，对未来仍充满憧憬和希望。

这天，他带去了500本书，不到半天就告罄。这本书的名字叫《从你的全世界路过》，其中有一个故事叫《摆渡人》，其题记是：“世事如书，我偏爱你这一句，愿做个逗号，守在你脚边；但你有自己的朗读者，而我只是一个摆渡人。”他是1980年出生于江苏南通的张嘉佳，而他就是一个“摆渡人”，摆渡了自己，也摆渡了别人。

张嘉佳一直很叛逆，他说，自己的叛逆只做年少轻狂时大家都想做的事，因为叛逆“有底线”，中学时，虽说和当校长的妈妈做长期而有力的斗智斗勇，但依然考上了名牌大学。

从南京大学毕业后，从小就有着文艺范儿的张嘉佳开始写小说、当编剧。为获取素材，他还向被誉为日本80年代的文学旗手村上春树学习——开酒吧。

2012年，为了创作素材，也是散心，张嘉佳好长时间都在外旅行，直到将拥有的30多万元全部花光，这才收拾东西回家。他想，也许到家后父母会再给自己一些旅行费。然而，就在这时，张嘉佳突然接到母亲的电话：父亲心肌梗塞，需要做手术，且手术风险很大。直到这时，他才真正知道什么叫绝望，虽说他曾有过3次抑郁史。

第一次抑郁是2003年，叛逆的他大学刚毕业时根本适应不了社会，以致日日失眠，全靠药物控制症状；第二次是2005年，因为失恋，抑郁的他差点儿从10楼的窗户中跳了下去；第三次是2012年，他以为自己找到了感情的归宿，可结婚只一年却遭遇婚变。

绝望正是希望，在旅行归来照料病重的父亲时，张嘉佳目睹了医院重症监护区的生死无常之后，他从绝望的彼岸开始摆渡自己了。一旦遇到事情他就问自己："会不会死？不会，那还有什么好绝望的！"

2013年，他已再无分文，但日子还得过下去。当人变得坦然，对未来充满希望时，原来绝望过的一切都会是人生难得的经验，如果去写作，它也就成了最好的素材和原料。这时，张嘉佳想到了写一些故事，要是其中哪些一篇写得好，就将其改写成电影剧本，卖出去后生活也就不用愁了。

第一篇故事写在6月20日，名叫《写在33岁生日》：陈末离婚了，每天离不开伏特加。后来，他开始了一段400多天的旅行，旅行是旅途中的修行，也许你改变不了世界，但可以改变自己。没有32岁经历的事情，也就没有33岁他能看到的世界……

显而易见，故事中的陈未，就是他自己。让他没想到的是，故事发在微博上后，一天里就引来大量粉丝。粉丝们留言说：从他的故事中，让自己终于有了面对自己的勇气。这让他明白：在自己改变自己的过程中，也在影响着世界。张嘉佳由此看到了写故事不同寻常的意义。

从此，他一发而不可收，一个3000字左右的故事，却颇具戏剧性，开头适逢其会，变故又猝不及防；中间分分合合或生离死别；结局往往是花开两朵，天各一方。一个故事读下来，留给读者的是小清新，大温暖。由于这些故事发布的时间通常是夜里9点到10点，故被网友们称为“睡前故事系列”，系列故事的阅读量已超过4亿人次。

目前，书里有5个故事被影视公司购买拍摄版权，与张嘉佳合作的导演有陈国富、宁浩、王家卫。尤其是王家卫，已开始与他在电话中探讨梁朝伟适合演他故事里的哪一个角色。

人们皆说他的叛逆是一种气质，因为他的叛逆最终让自己成了一个摆渡人。无论叛逆与否，生命中必定有逆境、苦难……从某种意义上说，它们也是生命给你的礼物，是促使你体悟人生的宝贵机遇。谁要是抓住了这个机遇，谁就能在造福众生、回报社会时，提高和升华自己。

载于《辽宁青年》

我所理解的叛逆，是不断寻找生活的重心的过程，就像深入黑暗洞穴，踉踉跄跄寻找出口的过程。找到了，就成功了，就安定了。

编剧李檣："小人物"的淘金梦

文/午　言

精诚所至，金石为开。

——蔡锷

一

1992年李檣从中央戏剧学院戏剧文学系毕业，被分配进入战友话剧团担任编剧。在话剧团的两年中，他没得到任何和编剧有关的工作内容。1994年，李檣离开了部队，转业回了老家，被分到安阳市文化局，工作内容是写地方戏曲——豫剧。

在旁人眼里，文化局工作是个挺好的差事，可是他却说那不是自己想要的。工作半年后，他不再去上班，也没辞职，一直处在一种彷徨中。父母觉得他不务实，好高骛远。

他试着说服自己接受这种循规蹈矩的生活状态，让自己变得麻木，就经常去朋友的茶馆看别人打牌，从早看到晚。和朋友吃饭聊天，人家目标明确：努力赚钱、等待提拔、升官，过更好的物质生活，但这些都不是他所关心的内容。

他是个不合时宜的人，只觉得通往未来的路断掉了。尽管每天也会看书，但却一直处在沮丧、茫然中。

那两年，他也试着写小说和散文，曾给市里的一家杂志投稿，却杳无音讯，这一度让他怀疑自己。后来他和朋友去了那家杂志社，发现那封信都没撕开。编辑看到文章后，觉得不错，可他心里却有了阴影，他不知道“写得好”这句话里是不是带了很多交易的色彩。后来文章登出来了，可他内心的荣誉感已经被这个过程毁灭了，他再次陷入到虚妄和自我怀疑中。

有一天，母亲的老朋友来访。一个近七十岁的老人，骑着自行车，戴着狗皮帽子，把一沓极厚的稿纸递给他。一个八九万字的剧本，全部用毛笔小楷眷写。

老人坚信自己的心血定会是个伟大的剧本，之所以找他，因为他是从北京回来的，又在文化局做编剧，一定有非常好的资源，可以帮着把剧本推荐给导演。

老人的出现吓到了李樯，他问自己：“老人的现在会不会是自己未来的一种征兆？执著于与想象中的风车斗争，丧失了现实的成功与欢乐。”他恐惧成为那样的人，这也让他下定决心辞职。

二

1996 年，他重回北京，成了真正的北漂，没有房子、没有户口，在一家报社当编辑。但是命运并没有因为他的舍弃或者付出给予他慷慨的回报，反而让他饥寒交迫。

近一年的时间，他都在寻找合适的机会进入编剧这个行业。不管是不是自己喜欢的题材，只要有机会就写。一年后，他辞去报社工作，帮人当枪手写过几集电视剧，接过剧本合约写分集提纲，但拿到一点儿预付金后，就没了下文。

他曾为一个中医世家写树碑立传的电影剧本，可是剧本写完了，钱却被中间牵线的人骗走。1998 年，他的运气低落到极点，一年没赚一分钱，住在一个环境特别差的房子里。曾去找一个朋友借钱，朋友让他在楼下等，一等几个小时，再没返回……

不会电脑，不会外语，除了写之外，他实在没有其他技能，可是现在就连写也让他产生了怀疑。因为没机会让自己觉得行，也没人认为自己行。此时，已经是他从中央戏剧学院毕业的第七个年头，他觉得自己留在北京就等于虚度年华。

1999 年深秋，落魄的他坐上了北京到安阳的临时加车，决定返回老家。因为是临客，所以总是要停下来给其他列车让道，原本七八个小时的路程居然坐了十几个小时。车上几乎都是民工，他突然有种惺惺相惜的感觉："我们都是被生活湮没的人。"

三

尽管现实很残忍，但是他还是心有不甘，这么多年，自己一直以编剧自居，总得有部作品吧。不管这个作品能不能被拍成电影，他要求自己一定去完成它，也算是给自己这么多年来的折腾一个交代。

回到安阳后，李樯对父母说："北京太喧嚣了，我回家是想安静地写东西。"

就这样，他开始写起《孔雀》。

只是他不曾想，就是因为这部他想为自己多年来的"瞎折腾"埋单的剧本，竟成了他人生的转折点，名导演开始向他抛出橄榄枝。顾长卫导演将该剧本搬上了荧幕，2005 年，电影《孔雀》获得柏林电影节评委会银熊奖。

《孔雀》声名鹊起之后，李樯作为编剧才转向职业化。2006 年，他开始创作《立春》，花了五个月时间完成剧本，捧回了诸多桂冠；2013 年，由他执笔的剧本《致青春》，又使得赵薇成功转型打入导演界，获得了口碑和票房的双丰收。

有人说，他作品里的角色都是小人物，卑微，经常遭遇挫折，但却怀揣理想，执着，不肯轻易放弃。正如他所说："生活再不堪、再不容易，如果命运没有安排你死的话，经历的一切一定都是有意义的。"

这大概也是他的人生写照。

2014 年，他与许鞍华导演再度联手，推出新作《黄金时代》，用他的笔触讲述民国著名女作家萧红短暂而耀眼的一生。对于黄金时代，李樯的理解是"未到来的"和"已逝去的"。

对于已逝去的，我想正是他一朝成名前的那段漫长路上所遭遇的痛苦煎熬。就像他后来所说的："人要有担当痛苦的能力，才能享受幸福。"

对于未到来的，我想正是《立春》中所表现的让"每个人仿佛都一夜之间春心荡漾"。就像美国的黄金时代来临时，每个人，不论卑微，都挥着锄头要去淘金。

载于《新青年》

有些人是不幸的，因为在种种的努力之后，生活还是老样子；可是，也是幸运的，因为在经过那些痛苦的日子之后，终于有了转机。那我们怎么去理解这种幸与不幸呢？其实全在自己，你觉得坚持值得并且会有意义，而且你相信早晚会有出路，那你就坚持吧！

巴金的真

文/刘艳梅

对真理和知识的追求并为之奋斗，是人的最高品质之一。

——爱因斯坦

当代文学巨匠巴金曾说过：“人活着，说的和做的要一致，这是很难达到的。但达不到也要这样做，这个社会才能变得光明。”他是这么说的，也是这么做的。

1979年，作家丛维熙把描写监狱真实生活的《大墙下的红玉兰》寄给巴金主编的《收获》杂志，年过七旬的巴金亲自过目拍板，不顾可能惹来的麻烦，让编辑以最快的速度和头条的位置发表，小说受到读者的欢迎。可麻烦也接踵而来，有人指责《收获》是在为“解冻文学”开路；有人以“两个凡是”，质疑编辑部的政治走向；作家曾经为囚的劳改农场，也写来批评信，说小说攻击了“无产阶级专政”。

一时风声鹤唳，那段时间，巴金与编辑部同仁一起经受了黎明前的五更寒，但巴金还是要求刊物“百无禁忌，更进一步”。《大墙下的红玉兰》的发表，丛维熙成了“大墙文学之父”。

源于巴金的真，丛维熙另一部小说《远去的白帆》才得以发表。这部中篇小说曾作为约稿被一家大型刊物取走，之后很久没有回音。待询问，主编以“细节过于严谨，吃不准上边精神”为由，让作家删除小说中一些所谓“敏感”情节，从维熙当即拒绝。因为那是从维熙真实的劳改生活，要删掉，将彻底背离了文学反映社会真实的文学根本理念。

后来，从维熙把《远去的白帆》的遭遇告诉了在北京作短暂停留的巴金，并将文稿交给巴金，巴金不顾长途飞行的疲劳，连夜审读，做出评价：“小说展示了历史的严酷，在严酷的主题中展示了生活最底层的人性之美。不管别的刊物什么态度，我们需要这样的作品，回去我们必须发表它。”不久，这部中篇小说就在《收获》上发表，并以接近全票获得1984年全国第二届优秀中篇小说文学奖。

正是由于巴金在文学新时期的勇往直前，义无反顾地为真实的作品鸣锣开道，才为敢于说真话的作家复出中国文坛起到保驾护航的作用。言行一致，说得容易做起来难，这也是巴金成为“当代世界伟大的作家之一”的先决条件。

载于《做人与处事》

是的，你想成为什么样的人，和你最终成了什么样的人，那出入真的是太大了，或者根本就是背道而驰。很多人会说，这就是现实，但是反过来一想，我们一定要成为那个所谓的自己才算成功了吗？其实使生命有了意义的，恰恰不是成功后的光荣，而是我们一直奋斗在路上。

黄侃先生的侠气

文/苏　打

人要正直，因为在其中有雄辩和德行的秘诀，有道德的影响力。

——阿密埃尔

我国近代颇负盛名的语言文学家、训诂学家和音韵学家黄侃先生，在学术上治学严谨、为学务精，在生活中却脾气怪诞、秉性奇特。

一次他与朋友吃饭，饭后在护城河边散步聊天，正好碰到一群人抓小偷。一个矮个子的男人被身后一群人追着跑，走投无路了就向黄侃先生这边冲了过来。他没想到还没跑过来，黄侃先生就一马当先冲上去把他先抱住了。两人一扭打就摔在了地上，朋友赶紧过去帮忙，这才制服了小偷。

失主追过来就要打人，黄侃先生赶紧拦下来，从小偷那里要回失物还给失主，又帮小偷向失主求情，平息了双方的争端。见小偷年纪不大，显得颇为饥瘦，就教育他一番，又把自己的银钱分一些给他。

放走了小偷，还分钱给他，这让朋友感到有些惊讶，问道："季子（黄侃先生的字）兄不予计较，不送他见官已是宽容，怎的还予银钱与他？"

黄侃先生笑了笑说："不妨事，看他年纪轻轻，也不像惯偷之人，世道艰难，多半也是不得已而为之。我今帮他一次，无逭多求，只愿他日他也可有力帮助别人。当今若人人守望相助，国运又何至于此啊！”朋友听完不由赞叹道：“兄长高义，真有侠道古风！”

黄侃先生听罢，道：“我的老师章太炎先生曾有一副对联予我，上下分别是‘千教万教教人求真，千学万学学做真人。’他要我学术文章要求真，为人处事也要做真人。笔下君子，纸外小人，表里不一的事不能做。你看这“侠”字，就是一个有能力的大人在保护帮扶两个弱小的人。你我虽为文人，也当有侠气，文内能匡扶正气，文外也要救人水火。”

朋友听了恍然大悟，在佩服黄侃先生的口才的同时，更加佩服他的侠气。

载于《演讲与口才》

不去计较得失，仗义疏财，心存正义。这是本性，这是最真的脾气和性格，恐怕很多人是不会理解更不会懂得的！

被谎言成就的人生

文/王万龙

水激石则鸣，人激志则宏。

——秋瑾

他念大学时，学的是经济学。但是，他的成绩并不拔尖，甚至，还有些驽钝。他开始厌倦，觉得自己根本就不是研究经济学的料。

一次课堂中，教授讲解《微观经济学》里的某一环节。他坐在教室里发呆，恍然看到了书中有一个人名，那便是当今在学术界赫赫有名的鲍伯尔教授。

他顿时心生仰慕。心想，如此有成就的人物，一定有着非同一般的洞察力和社会经验。于是，他很想跟教学书上的鲍伯尔教授见个面，哪怕是说上几句话都好。这个念头，让他恍惚了很长时间。

后来，一次机缘巧合之下，他得到了这位教授的地址。那些天，他几乎把自己一生想要说的话都逐一整理了一遍，而后挑拣重点，写成书信，邮给了这位鼎鼎大名的经济学教授。

说实话，我未曾梦想过回信。只是需要有那么一个博学多才的对象听他诉说出心里的困惑。许多天后，颓靡的他收到了一封特别的越洋信件。他几乎不敢相信，这位纵观古今的教授，竟然给写了回信！

末尾，这位教授说了这么一段让他热血沸腾的话：“一个年轻人有你如此之冲劲，日后，一定能成为伟大的经济学家！”

他简直不敢相信自己的眼睛。如此名满世界的教授，不但耗时给他写了回信，还预言他一定会成为一位伟大的经济学家。对于这位教授的话，他没有半点怀疑。他相信，这位教授一定是依靠过人的智慧和敏锐的洞察力得出的这个结论。既然他有着那么高的天赋异禀，为何不好好学习，将来成就一番事业呢？

从那天开始，他恍如脱胎换骨，如换了一人。他努力学习课堂上教授所传达的知识，课后复习，巩固。利用课余时间寻找大量的资料，求证，思考。没有人知道他为何有着如此巨大的转变。只有他知道，是心里的一颗梦想的种子正在破土发芽。

大学四年，他每一个时刻都在暗自告诉自己，一定要凭借优异的成绩在毕业之后出国留学，攻读博士。

皇天不负有心人。他终于凭借自己的汗水与努力，拿到了美国诺顿商学院的录取通知书。几年之后，他因表现突出，被聘请留校任教。

兴许是命运的捉弄，他竟然在那个时刻，遇到了当年给他回信的鲍伯尔教授，并与他成为同事。那时的他，已经在许多刊物上发表过论文，小有名气。可这位鲍伯尔教授并不知道，这就是当年给他写信诉苦的中国大学生。

他喜出望外，拿着当年鲍伯尔教授给他的回信，特意登门拜访，打算一报当日恩情。殊不知，这位被他视有再造之恩的教授却在得知此事后诚惶诚恐地说：“对不起啊，对不起，我当年都是胡说八道的！”

顿时，天旋地转。可这一切，已经成为过去，再不可重返。即便这真的是一个天大的谎言，他仍旧感激，因为，正是这个谎言，成就了今日了的他。

他便是今日的长江商学院教授以及香港中文大学财务学讲座教授，被媒体尊称为“郎监管”的一生致力于保护中小股民正当权益的经济学家——郎咸平。

载于《学苑创造·C版》

世界上没有一个人是只靠自己一个人的力量就可以成功的，成功的背后一定有许多人在有意或无意识地帮助你，你要永远感激他们。

第六辑

梁实秋的“钉子精神”

梁实秋的成功，得益于他对这一工作的执著精神，得益于他一心一意地投入，更得益于他那种肯吃苦钻研的“钉子精神”，从而获得学术大师的美誉。其实，做任何事情，都需要投入。要想成就大事，更要锲而不舍地投入。

要在火星上退休的人

文/段奇清

耳闻不如目见者，目见之不如足践之。

——刘向

世界上掌握航天器发射回收技术的只有四个：美国、俄罗斯、中国，还有埃隆·马斯克。

不要以为埃隆·马斯克也是一个泱泱大国，他不过是美国的一位企业家。马斯克生于南非，18岁时移民美国。2013年的一天，41岁的马斯克说：“我要在火星上退休。”千万不要以为他这是天方夜谭或痴人说梦而对他嗤之以鼻，其实他已将一个个“天方夜谭”变为现实。

发射火箭从来都是发达国家的事，可他就有雄心跻身之中，一定要将火箭送上天空。那还是2002年1月，即马斯克30岁时，有那么一段时间，无论到哪里，他的口袋里总会装着《火箭推进基本原理》等一类的书。一旦有点儿时间他就认真研读，不到半年，马斯克硬是把那些枯燥无味的推论、定理一一掌握。之后，他开始游说了，技术精英们一呼百应。

“那天暴热，气温达到了四十几度，马斯克打电话约我见面，两小时以后我意识到这是一个梦想成真的时刻。大公司里永远都不会有这样的机会，我要是不立刻行动，将来老死了躺在棺材里我都会跺脚后悔的!”说这话的是克里斯·汤普森

——麦道飞机公司里主持“大力神”火箭的设计者。与汤普森有同感的还有世界最大的引擎制造商TRW的液体推进器专家汤姆·穆勒，以及在波音公司当了15年“Delta”火箭的测试主管蒂姆·布扎……

尽管在马斯克初创SpaceX公司时就有这些精英倾力为他工作，但一家私人公司独立研发可发射升空的火箭，其困难无不超乎想象。2006年，他们开发的猎鹰1号火箭首次发射，仅仅一秒后就因燃料管破裂而失败，此后又经历过多次挫折。后来马斯克在接受《华尔街日报》采访时说，2007年到2009年是他“一生中最糟糕的两年”，猎鹰1号火箭试射失败，妻子要与他离婚。“那些等着看笑话的人差点就如愿以偿了，我每天几个小时几个小时连续发疯似的工作。”

一个志向宏大，能不断从失败中吸取教训的人，成功其实只是迟早的事。2008年9月，猎鹰1号运载火箭终于发射成功。成功就会有人来捧场。美国国家航空航天局与马斯克们签订合同：承诺为之提供支持资金10亿美元。

这让马斯克们如虎添翼，紧接着他们开始制造“龙”飞船，飞船外形呈“子弹”状，可以乘坐七人。2011年美宇航局与他们签署一份价值16亿美元的合同，任务是让龙飞船为美国宇航员提供十二次运输补给任务。这使得龙飞船成为全球屈指可数的商用太空飞船之一。2012年5月31日，“龙”太空舱与国际空间站对接后返回地球，成功开启了太空运载的私人运营时代。

“最快在十年内，我的飞行器就有能力将乘客送上火星，最不济15、20年也就够了。”马斯克在接受媒体采访时表示：“我的终极目标是要让人类在火星上定居。”由此马斯克也就有了在火星上退休的打算。

总结他们成功的经验，最突出的就是“简单”，从而达到目的可靠性和低成本。在加州地区5.5万平方英尺的SpaceX公司总部，没有庞大的开发实验室，没有一大群博士，也没有政府津贴，就那么几个精英在为制造火箭忙碌着。他们大量采用了成熟技术和成熟设备，为了降低成本，马斯克们找最便宜的打捞公司在海底打捞火箭残骸，以获得尚可利用的设备、零件及原材料。

他们的成本因而极其低廉，如成功将“龙”太空舱运往国际空间站的猎鹰9号火箭，研发费用仅仅3亿美元，不到美国渐进一次性运载火箭（EELV）研发费用35亿美元的十分之一；猎鹰9号火箭的标准发射费用为5400万美元，而在美国火箭发射市场占据垄断地位的联合发射联盟（ULA），平均每次发射需4.35亿美元。

马斯克并非“富二代”，所有的钱都是凭着他的智慧与辛苦挣来的。1995年，他和弟弟开发了一个在线内容出版软件Zip2；四年后，Compaq公司以3.07亿美元现金和3400万美元股票期权将其收购；随后，马斯克又与人合伙创办了贝宝（PayPal）——开创网上第三方安全支付平台的先河。仅仅三年，PayPal用户达到1.1亿，2002年10月eBay以15亿美元将其收购，马斯克则通过这桩收购获得约3亿美元。

2003年，电动车还停留在概念层面，性能饱受诟病，无法满足人们的日常生活需要。但马斯克推出的第一款电动跑车Tes－laRoaster，便解决了高容量电池和高性能电机等关键技术问题，单次充电可行驶393公里；2009年10月，他更是将自己创造的这一纪录刷新到501公里。如此先进的电动车，在全球却是最便宜的，因此非常畅销。

这些也就为马斯克造火箭提供了资金。

日前，马斯克再次用自己的想法引爆全球：设想一下，未来坐进密封的胶囊舱，之后胶囊舱在低压管道中以每小时

1200公里的时速穿梭，如只要两小时就能从纽约到北京。鉴于马斯克一次又一次将“天方夜谭”变为现实，没有谁怀疑速度将是火车的三倍、飞机的两倍，从纽约到北京票价只要20美元的“超级高铁”的可行性。

因为这些，马斯克被称为“真正的钢铁侠”。

马斯克的故事再次向我们诠释，世界奇迹就在敢想敢干且脚踏实地之中。

载于《青年博览》

也许你有很好的点子，可是除了整天夸夸其谈，也没见你行动一步；也许你是天才，理论知识烂熟于心，可就差去实践。你是空想家，还是实践者？不要浪费时间了，去放手大干一场吧！

你与别的孩子并没有什么区别

文/张艳君

记住，你是世上独一无二的。

——卡耐基

一个人的信念决定其心态，其心态又往往决定一个人的事业与人生的成功。

1974 年，他已 14 岁，父亲觉得他太过于寂寞了，于是给他买了一架钢琴。好久没有摸过钢琴的父亲这天兴致很高，随即演奏了肖邦的《E 小调第四号前奏曲》。过后，父亲到自己的房间去准备一些事情去了，他要教儿子有关钢琴演奏最基础的知识。

突然，屋子里传出了自己刚才演奏的那首曲子的乐曲声，是那样的悦耳动听。父亲有些吃惊，会是谁呢？当一个身影落入他的视线时，他简直不敢相信，伏在钢琴前演奏的竟然是自己的儿子！父亲惊奇地问：“孩子，有谁教过你弹钢琴？你曾学习过这支曲子吗?”“在此之前我并没有接触过钢琴啊！”儿子说。

惊喜不已的父亲立即调整了对儿子的培训计划，开始教他一些较深奥的东西。经过不到 8 个星期的训练，他便能够出神入化地演奏巴赫的《D 小调钢琴协奏曲》，这可是一般的人花上三五年都不能熟练掌握的高难度作品。10 个月后，他就被巴西最著名的指挥家邀请参加圣保罗交响音乐节的演出，并获得了极大的成功。

随着他声名鹊起，人们在欣赏他音乐才华的同时，对他的演奏习惯也开始津津乐道。人们皆说他是一个“颇为古怪的精灵”，因为每次在演奏时，他总会要求灯光师在键盘上打上强光，同时乐队上方的灯也必须以特定的角度安置避免形成阴影。没有人不按他所说的去做，也没有人去思考他为什么会让人这么去做。

直到前不久，人们才知道了这个被他以及他的家人隐藏了近半个世纪的秘密。原来在 2004 年之前，他一直是一个盲人。而这个时候，他已曾 5 次夺得国际大奖，现场演出 1000 多场，他的音乐唱片集《第六组》被《留声机》杂志评为“历史上最伟大的古典音乐唱片集之一”。

他就是巴西古典钢琴家马赛洛·布拉特克。

布拉特克 1960 年出生于巴西圣保罗，他的到来无疑给人丁不太兴旺的家庭带来了欢快与乐趣。可出生不久，他的父母发现，儿子并没有用他的眼睛去打量这个陌生的世界，而只是在倾听。父母发现了儿子的异样，将儿子带到医院去检查，检查结果不禁让他们大吃一惊！原来儿子双眼患有先天性白内障，同时伴有斜视。

因家庭贫困，父母没有及时送他去医院接受治疗。斜视的加重使得他眼睛的视力变得更加微弱，布拉特克在五六岁时右眼就完全丧失了视力，其左眼也仅能在强光下勉强看得见近处物体的大概形状。

1982 年，布拉特克为了更为系统地学习有关音乐理论和钢琴演奏技巧，遂前往美国纽约朱丽亚德音乐学院深造。由于学习任务繁重，他的白内障进一步恶化，不断侵蚀着他那仅有的极其微弱的视力。“我根本看不到黑板上的字。”布拉特克曾回忆说。在纽约艰难学习与生活一年后，他不得不退学，之后旅居意大利、法国，1991 年定居英国。

随着人们的猎奇心理以及对演奏的要求越来越高，他必须得不断地学习新曲目，可那些高深莫测而又远离时代的古典乐曲对布拉特克无疑是一种巨大的挑战。他全凭耳朵谛听来熟悉掌握陌生曲目，这样他就不得不耗费比正常人多得多的时间，可他依然能一次又一次将最精湛的节目奉献给观众。

2004 年，布拉特克冒着完全丧失视力的风险接受了手术。老天爷似乎也被他的精神感动了，这一次更是格外眷顾他，术后他右眼的视力有了较大的恢复。

术后，有记者采访布拉特克，问他曾身为一个盲人为什么能在音乐上取得如此大的成就。他说，这得感谢他的父母。在布拉特克稍为懂事知道自己患有严重眼疾后，父母就对他说：“你与别的孩子并没有什么区别！”而且父母后来并没有将小布拉特克送到特殊学校，而是普通学校。他学习很用功，成绩在班上总是名列前茅。在父亲给他买了钢琴那天即兴弹奏一支曲子时，他便认真地听，在学校练出来的特殊谛听本领使得他能“过耳不忘”。

“你与别的孩子并没有什么区别”，这是父母对孩子的一种高度信任，更是孩子对自身勇气与毅力的一种激越和提升。当一个人对自己充满信心时，他就能激发出巨大的潜力。即便眼盲也不是自己人生的障碍，只要心不盲，自己能对自己“刮目相看”，就会获取不凡的成绩。那么别人对自己刮目相看的同时，也更会对充满爱心及智慧的父母刮目相看，敬之仰之。

载于《山东青年》

我们在各自的疆域生活，像花朵盛开在阴面或阳面的山谷，盛开在海边或者草丛之中，但都是在自己的本性里盛开。这是人与人之间的一体性，它是平等的，开放的。

幸好摩西婆婆没去养鸡

文/张　觅

我们大家并不是生下来就都一样的，个人性格不同，适合于不同的工作。

——柏拉图

少年时期特别喜欢三毛，读到《哭泣的骆驼》里的一段："不久以前，荷西与我在居住的大加那利岛的一个画廊里，看见过一幅油画。那幅画不是什么名家的作品，风格极像美国摩西婆婆的东西。在那幅画上，是一座碧绿的山谷，谷里填满了吃草的牛羊、农家、羊肠小径、喂鸡的老婆婆，还有无数棵开了白花的大树。那一片安详天真的景致，使我盯住画面久久不忍离去。"于是掩卷，很好奇这个神秘的摩西婆婆的画会是什么样子的。

大一时在图书馆看书，无意中翻开一本画册，那些色彩清新却又质朴的画一下子把我吸引住了。那仿佛没有任何的技巧，却是温馨熨帖，像是梦中的田园，宁静，美丽而祥和。看画者名字，惊喜地发现正是摩西婆婆。

渐渐地读到关于摩西婆婆的书，看到她越来越多的作品。去查阅资料，原来摩西婆婆是素人画家，美国著名和最多产的原始派画家之一。她没有受过任何专业训练，也没有受到过任何名家指导，她拿起画笔也纯粹是因为偶然。

摩西婆婆本是一名美国传统的乡村妇女，大半生从事的都是农场工作。60 多岁时丈夫过世，70 岁时因为得了关节炎，无法再下田工作，于是为了打发时间她开始画画。从此她拿起画笔，就再也没有放下。

在她的画里尽是自己童年时的乡村景色或是住家附近的学校公园，没有任何动机或是名利的成分，就只是画。她笔下所描绘的都是她了如指掌的农场生活，这些摩西婆婆怀有深厚感情的景色从她笔下流淌出来，是那样亲切，叫人看了眼睛就不愿离开，不经意间就爱上她画中的那个世界。

80 岁时，她在住家附近的杂货店展示她的画作。在她 94 岁时，她有了一次正式的画展。那时她的作品开始在美国及欧洲畅销，受到人们的欢迎。摩西婆婆以明快的手法和选择明亮、大胆的色彩获得了最初的成功。

她的画中所表现的世界跟三毛在书中所描绘的一样，有着青碧的田地、安静吃草的牛羊，农人们快乐地劳作着，小小的一簇簇的房屋、尖头的栅栏……在她笔下常常流淌出欢乐而真实的农家场面，如农夫抱柴生火、铁匠钉马掌、农家小聚餐等等，素朴的画风呈现的是纽约早年的乡村风貌，令人着迷。

据说，在摩西婆婆颇受欢迎的作品中有《捉感恩节火鸡》和《戚树园里的熬糖会》，都是质朴的乡村画卷。在她 87 岁时出版的自传里，她描述道："把戚树汁熬成糖"，就是与家人们一起从戚树里提取出树汁熬制成糖浆，孩子们再将糖浆倒在雪白的盘子上，然后饱餐一顿。

我始终认为，摩西婆婆的画之所以如此受欢迎，是由于画家对她笔下的田园生活充满感情。那些明快的手法，那些大胆的色彩，那些真实的情感，犹如从树上刚刚摘下的果子，还带着新鲜的露珠，散发着清香。没有人会拒绝这样的生活。

这叫人不禁想起屠格涅夫笔下俄罗斯的原野和农村，也是这样质朴清新，充满了生命力。这位俄罗斯作家，他著名的《猎人笔记》，更是热情地歌颂了俄罗斯的大地，他毕生热爱着的大地。也许，只有心中有爱才能真正创造出动人的作品，艺术，就是这样复杂而又简单。

后来在摩西婆婆的自传里有这样一句话，也很是动人：“我很快乐，也很满足，即便失去了丈夫，我还是必须找到新的依托。幸运的是我发现了绘画，我实现了这样一个梦想。”

1961 年 12 月 13 日，画家摩西婆婆在纽约的胡西克瀑布逝世，享年 101 岁。在她有生的最后 30 年，创作了 105 幅作品，令收藏家们惊喜不已。他们说：“感谢摩西婆婆当年选择画画打发时间，让我们发现她是多么重要。”而据说摩西婆婆当年本是要选择去养鸡的，感谢这个偶然，让世界多了一名天才的画家，让我们拥有了这么多美好的画。

载于《天下阅读》

每个人都有属于自己的特长，我们称为“天赋”的东西。

好文章是修改出来的

文/清露晨流

专注、热爱、全心贯注于你所期望的事物上，必有收获。

——爱默生

伊利亚·托尔斯泰，在描述他父亲托尔斯泰关于创作《安娜·卡列尼娜》的过程时写道：当《安娜·卡列尼娜》在《俄国导报》上连载时，十张长长的铅印打样被交给了父亲，他仔细检查，并改正错误。铅印打样被涂改成了大片的补丁，到处都是黑的。在被重新整理好之后，父亲看了“最后一眼”，然后打样又变得乱七八糟了。

整件事情就是重写，然后弄乱，“我只想再仔细检查一遍”父亲会说。然而，他会失去控制力，又把整本书重新改写。甚至有时候，铅印已经打样之后，第二天他突然会想起几个特别的词语，然后发电报加以改正。这样的重写反复了七遍，刊登在《俄国导报》上的小说连载便被中断，有时候它甚至会接连几个月都不发表。

“好文章是修改出来的。”上学的时候，老师一直这么跟我们说。但是现实生活中，急功近利的我们，匆匆写完一篇文章，就想见诸于报端。连伟大的作家托尔斯泰写文章都是反复锤炼、一改再改，相比之下，我们是多么的浮躁、多么的渺小。

也正是因为有了作家对写作的一丝不苟、精益求精的精神，才诞生了诸多流芳百世、永垂不朽的名著。

载于《做人与处世》

一件作品的创作过程，就像是作者与自己的对话，正因为这样，才会赋予作品生命力；而读一本书，就像跟作者对话。

梁实秋的“钉子精神”

文/姚秦川

伟大的事业根源于坚韧不断地工作，以全副精神去从事，不避艰苦。

——罗素

1937年，34岁的梁实秋做出一个惊人的决定：他打算翻译世界名著《莎士比亚全集》。所有人都知道，这项工作的艰苦程度不言而喻，做不好就会遭到他人的嘲笑。不过，对于一心想做出点儿实事的梁实秋来说，他觉得，这项艰苦的工作既是一个机遇，也是一个挑战。

梁实秋认真分析了一下当时的情况，他认为如果光靠自己一个人翻译，不知哪年哪月才能完成这项工程。思来想去，他打算找到几个志同道合的人一起来做。

很快，梁实秋物色了另外4个人和他一起进行翻译工作，那4个人分别是闻一多、徐志摩、陈西滢和叶公超。梁实秋心里盘算，他们5个人，最少6年，最多用不了10年，便能翻译完《莎士比亚全集》。

然而，由于种种原因，那4个人都没有干多长时间，很快便一个个先后退出了翻译小组的队伍。最后，只尴尬地剩下梁实秋一个人。

面对这种窘境，梁实秋思前想后，觉得既然自己已经做了决定要翻译《莎士比亚全集》，所以不管别人怎么样，反正自己不能当“逃兵”。这样想过之后，梁实秋便决定一个人把责任全承担下来。

就这样，梁实秋开始废寝忘食地工作起来。在抗战爆发前，他顺利地完成了 8 部莎翁剧作的翻译工作。“七七事变”后，为了躲避日寇的通缉，梁实秋不得不逃离北京，在极其艰苦的环境下继续进行对莎翁剧作的翻译。

抗战胜利后，梁实秋回到北京，在北京师范大学任教，课余之暇，他依然坚持莎翁剧作的翻译工作。终于，到了 1967 年，由梁实秋独自翻译的莎士比亚全集 37 部作品的中文译本全部出齐，在国内学术界引起巨大轰动。

对于取得的成绩，梁实秋看得很淡然。他回忆说：“我翻译莎氏，没有什么报酬可言，长年累月，其间也没有得到任何人的鼓励……说实话，我只是做了一件自己想做的事情而已。”梁实秋的一番话，让许多人听后感到心酸。

梁实秋的成功，得益于他对这一工作的执著精神，得益于他一心一意地投入，更得益于他那种肯吃苦钻研的“钉子精神”，从而获得学术大师的美誉。其实，做任何事情，都需要投入。要想成就大事，更要锲而不舍地投入。

窃以为，能够被称为大师的人，不管是学术界还是在其他领域，需具备以下三个条件：首先，必须具有忘我的钻研和吃苦精神。要有“语不惊人死不休”的豪情，要有“为伊消得人憔悴”的投入，更要有“十年磨一剑”的等待；其次，还要有身怀绝技的超人能力，比如梁实秋，他当时的翻译水平不能说登峰造极，至少也高人一筹，这在当时是很了不起的一项技能；最后，想要成为大师，不但要博古还要通今，同时也要具备独立的人格、悲天悯人的胸襟以及执著于理想的信念。以上三点，缺一不可。

多年来，通过阅读一些大师的作品，我觉得，自己增长的不仅仅是书里面的知识，更感受到了大师们那种锲而不舍的劲头和坚强不息的精神。他们让我学会了在面对困难与挫折时，不再变得焦虑和浮躁，而是增添了战胜困难的勇气和决心。

闲暇时，阅读大师，是人生的一次精神洗礼；品味大师，则会激励我们振作精神，自强不息！

载于《思维与智慧》

一个人之所以能成为大师，是因为他比任何人都专注，比任何人都热爱这项工作。他做到了，自然就成了大师。

当"面子"成为"里子"时

文/段奇清

做了好事受到指责而仍坚持下去，这才是奋斗者的本色。

——巴尔扎克

有人说她是位天才，而更多人看到的是她的勤奋。

大二的时候，南方大学文学院副院长、戏剧影视艺术系主任吕效平给每位学生布置了不同题目的作业，她布置给温方伊的是完成话剧剧本《蒋公的面子》。

吕效平老师告诉她，题目来源于南京大学中文系的一则逸事：1943 年，蒋介石初任中央大学校长，邀请三位知名教授共进年夜饭。最后吕老师说，这件事有可能发生，也可能没发生，但是你可以把无当作有来写。

然而，邀请的这三个教授只有两人有名字，他们是陈中凡、胡小石，也许是有所忌讳，说话人对另一位的名字有意做了模糊处理。连故事的主要人物的姓名都不全，要把它写成一个完整的舞台剧本，困难可想而知。

温方伊没有退缩，她想到的是把"面子"变成"里子"，要沉下去，多做扎实的工作。故而她并不急于动笔，而是去搜集尽可能详实的第一手资料。她上门请教吕效平教授，得知这则逸事是从她自己的"师爷"——南京大学文学院长董健先生那儿听来的。温方伊便紧紧跟进，去了董院长那儿。

结果是没得到什么东西，吕效平教授尚能告诉她故事发生在 1943 年，而董健先生既不知道时间，也不知道地点。不过，这让温方伊从难处看到了亮处，就是因为处处空白才能为剧本提供更大的创作空间。

空间越大，探索的步子也就越多。温方伊接下来找来了大量书籍进行阅读考证，或索性在图书馆一待就是一整天。由此她了解到，传说中的三位教授，那位不知道名字的，是政府的支持者，既想为蒋介石捧场，又有所顾忌，便拉陈中凡和胡小石下水。

陈中凡的观点“偏左”，他与陈独秀交情甚笃，非常痛恨蒋介石翻云覆雨，独断专行，但他却因为战乱之时藏书难保需要蒋校长的帮助。胡小石是一位美食家，对政治毫不感兴趣，据说蒋介石曾向他讨过字，他并没有给。这次受邀，喜好美食的他听说席上会有难得的好菜肴便难抑激动，没有拒绝。

温方伊还阅读了陈中凡教授有关哲学论文、中国戏剧史研究等相关著作，研读了胡小石的《中国文学史》等著述，对胡小石的诗词与书法也进行了一番探讨。胡小石对政治不感兴趣，但他到底喜欢吃什么菜，温方伊找了许多美食资料，最后确定为南京老正兴的“火腿烧豆腐”。

已经研究到这个地步，应该说资料已经相当详尽了，可温方伊依然不动笔，她还要做进一步的探索研究。于是她又阅读了中央大学、西南联大的校史资料，通读了朱自清、吴宓等教授的日记，甚或连当年学校的一则小通知都不肯放过。

做完这些，半年已过去了。到了 2012 年春节，于是她拟塑造以陈中凡为原型的时任道，以胡小石为原型的中间人物夏小山，以及从《联大八年》找来剧中人物卞从周。

经过一段时日的埋头耕耘后，温方伊把初稿交到了吕效平教授手中。在交给吕教授三十多份作业中她的质量显然是最高的，但并非说不需要继续打磨了，而这一打磨就是五遍。即使在排练过程中，对情节、文字也做了许多调整，功课越做越多，结构越改越奇。愣是把剧情与人物命运如同做煎饼一样，一翻再翻，实现了"超级大逆转"。就是这种不断提升"里子"——提高她自己和作品的内在质量，让一个此前并没怎么接触过话剧艺术的温方伊，其剧本创作成为一种"传奇"。

2012 年 5 月，《蒋公的面子》作为纪念南京大学建校 110 周年系列剧首演，第一场演出后，立即反响热烈，第一轮的五场演出场场爆满。2013 年更是在全国巡演和海外巡演，票房已超过千万元。

著名剧评家水晶从北京专程坐火车到南京观看《蒋公的面子》，随后在微博和新闻媒体上力荐该剧，其中有这样的话语："仅从编剧角度看，讲中国故事，如此有文化，有生活有剧本，近年仅见，却出自一个大学三年级的女孩之手，令人击掌赞叹，叹为观止！"

目前，《蒋公的面子》剧本被出版成书，并在 2013 年 7 月获得《人民文学》杂志社和江苏省作家协会联合创办的"紫金·人民文学之星"大奖。温方伊已被保送为影视文学专业的研究生，并辞去饰演了近三十场的女主人公"时太太"的职务，同时她还推掉了一位大佬欲与她的文学创作签约，专心回到课堂读书。

丢掉浮躁之气，潜心学问，当把"面子"变为"里子"时，也就让自己有了"面子"。正如白岩松所说：2013 年最热话剧《蒋公的面子》的蹿红，为新生代编剧赢得了巨大"面子"。

多做“里子”的事，无意于“面子”，其“面子”也就会不请自来。

载于《当代青年》

面子和里子，不过就只有一段微妙的距离而已，那就是耐心和努力。将心血赋予你该做的事上，自然就有“面子”了。

感恩的“黄扶”

文/唐月姣

上天赋予的生命，就是要为人类的繁荣和平和幸福做奉献。

——松下幸之助

“黄扶”是一个笔名，这与两个黄姓人有关。

人都会遇到“窄门槛”，无论你将来成为平凡人还是伟人。他出身贫寒，但非常努力，1912 年，十七岁的他便在宜兴老家的女子初级师范学校任图画教员。此时，他并没忘记做一名画家的理想，教课之余，刻苦作画，以不断提高画技。

然而，厄运却死死纠缠着他，1915 年，结发的乡村妻子病故，儿子也终未逃过一劫，不幸患天花病夭折。一年之间，他还失去从小就开始教他诗文、书画，最为亲近的父亲。一个接着一个的打击让他痛不欲生，他就像一只无枝可栖的孤独的鸿，于悲痛中他改了名字。

为了远离让他悲痛的环境，这一年，他来到上海。欲找一份工作赖以度日，也好实现自己的梦，可他依然四处碰壁。正在他每天饥肠辘辘四处奔波时，幸运地遇到了商务印刷馆发行所的黄警顽。

在和他一番交谈后，黄警顽认为这个小伙子挺不错。当听他说经熟人介绍，要到商务印刷馆找《小说月报》的主编恽铁樵时，黄警顽连忙给恽铁樵打电话。在和恽铁樵见过面后，他再次来到黄警顽面前，面露喜色，说："感谢你的帮忙！恽先生说，我的人物画得比别人好，让我为教科书画插图，我看这事十之七八能成。"

可是，过了几天，他又一次来到黄警顽发行所的店堂，如同被霜打了的白菜一样，满脸的沮丧与憔悴，他非常难受地对黄警顽说："情况有变，做插画的另有人选，我无颜见江东父老！在上海，我举目无亲，只有你这个朋友，永别了！"说完，他转过身，脚步沉重，踉踉跄跄地离去。

黄警顽最初对他的话并没介意，后来仔细一想："糟了！他不会去自杀吧？一定要阻止他做糊涂事！"黄警顽估计他去了外滩，救人要紧，连假也没来得及请，便匆忙追了出去。在外滩上，黄警顽焦急地找了一会儿，才在新关码头附近找到了他。只见他两眼空洞，正在码头上不安地来回走着，连黄警顽走到他的身边，也没能察觉。

这时，黄警顽一把拉住他的手腕说："你想干什么？书呆子！"他定了定神，见到是朋友黄警顽，失声号啕大哭起来。黄警顽也感到伤心，抱着他的头一同痛哭起来，招致许多人过来围观。

黄警顽好一阵劝慰，他的头脑总算清醒过来，听了黄警顽的话，两人一起回到发行所。他告诉黄警顽，因欠下旅馆四天的房钱，自己已经没地方容身了。黄警顽说，只要有我睡的地方，就不会让你睡在露天里。

由于黄警顽是一个热心肠的人，在单位人缘也不错，经与同住一个房间的同事以及门房商量后，黄警顽与他一同挤在一张单人床上，盖一条薄被子。至于吃饭问题，黄警顽每天给他一角钱，黄警顽还对他说："每天你就到店堂看书，工作上的事我再来给你想办法。"于是他就到店堂看美术书籍，也翻阅翻译小说。没错，他就是由徐寿康改名的徐悲鸿。

几天后，黄警顽为徐悲鸿打听到一位宜兴同乡，这位同乡让他画一幅画送过去，说也许对他找工作有帮助。他的画刚好被一位叫黄震之的书画收藏家看见，黄震之十分欣赏他的才华，见他正遇到难处，便把一间棋牌室借给他作画，这无异于雪中送炭，从此，徐悲鸿在上海站稳脚跟。次年他入上海复旦大学法文系半工半读，并自学素描，后又赴法国巴黎留学，回国后任北京大学艺术学院院长等职。

他始终牢记着这两位恩人，黄震之后来做生意破产，徐悲鸿常常予以接济，后来并资助其东山再起。徐悲鸿还在黄震之六十岁时，为之画了一幅祝寿图，画面是一位身着长衫的老先生，落款是“震之黄先生六十岁影”，这幅祝寿图可以在已出版的徐悲鸿画册中见到。

20 世纪 40 年代，在黄警顽生活遇到困难时，担任国立北平艺专校长的徐悲鸿请黄警顽到学校任主管总务，后来又和他一同转入到中央美院。晚年的黄警顽孑身一人，徐悲鸿除了平时常常去探望外，逢年过节还会让人开了汽车请他到家中吃饭。

徐悲鸿还曾以“黄扶”做自己的笔名，以不忘这两位黄姓恩人在自己最为困难的时候对他伸出的援助扶持之手。

人是要相互扶持的，正因为有那么多人无私地伸出扶助之手，才让世界少了一些悲剧的发生，多了一道道如画的风景；也正因为人们不忘感恩，才平添了一段段感人至深的人间佳话。

载于《当代青年》

人其实应该要像蜡烛一样，燃烧自己也照亮他人。愿爱常驻心间。

大腕儿们的一诺千金

文/高　然

一言既出，驷马难追。

——中国俗语

生活中，承诺过别人的事，就不能言而无信，失信于人。只有做一个讲信誉、说话算数的人才能得到别人的尊敬和爱戴。诚信是一个人立身的根本，对于明星大腕儿来说，更是尤为重要。

娄烨对黄轩的承诺：我欠你的一定加倍补偿

2008 年，年仅 23 岁的黄轩与导演娄烨合作了《春风沉醉的晚上》，这部电影原本有两条主线，一条是秦昊、陈思诚主演的线，但这条线比较沉重；另一条线是黄轩和一个男孩主演的大学生，这条线很干净阳光。

娄烨本来是希望两条线同时展开，有一个对比，但最后因为黄轩的那条线要讲的事太多，考虑到整个故事和电影片长，最后就逐步被剪掉了。从 40 分钟剪到半个小时，故事也不完整了，娄烨就决定彻底去掉。然而这事，娄烨并没有对黄轩讲。

后来，电影在第 62 届戛纳国际电影节上获得了最佳编剧大奖，剧组的人特别高兴，黄轩也不例外。可是就在他满怀激动等待去戛纳参加颁奖庆典时，剧组的人却吞吞吐吐地告诉他，你不用去了，没你什么事。黄轩哪里相信，他去问娄烨，娄烨这才不好意思地告诉了他实情。黄轩当时的心情沮丧失落到极点，娄烨也觉得对不起人家，当即对黄轩承诺道：“这事是我欠你，放心，以后我一定加倍补偿。”

一晃 4 年过去了，就在黄轩都要把这件事忘记时，2012 年的一天，娄烨突然给黄轩打来电话，邀请他参加自己计划开拍的电影《推拿》。对待这次合作，黄轩同样珍惜。在《推拿》中，黄轩饰演一名小时候因为车祸失去了视觉能力的少年，戏份很重。为了演好这个角色，他到盲人按摩院体验生活 20 天，还蒙着眼睛过日子，为的是真切揣摩盲人的感受。

天道酬勤，2014 年 2 月，该片在第 64 届柏林国际电影节上一经首映，黄轩到位细腻的演技就得到观众们的一致认可和称赞，最终获得银熊奖。随后，又获得第 51 届台湾金马奖最佳影片。黄轩由此从一个名不见经传的演员步入当红一线小生的行列，而娄烨也实现了当初对他的承诺。

韩红对奶奶的承诺：尽自己的努力去帮助别人

2011 年 8 月 9 日，韩红装载着 600 万元的医疗设备和物资，带着北京 30 多位最好的医生和专家浩浩荡荡地开启了她的首次援藏献爱心之旅。行程中，他们时常遭遇沙尘暴，狂风刮得车身左右摇晃，上下颠簸，狂风卷起的沙子疯狂地打在车窗玻璃上。沿途他们行走了 14 个县市，开展了 14 场专家义诊，为数以千计的新疆地区群众送去了医药诊断。

从一个记录片中我们可以看到这样一幅画面——在新疆某地一间急诊室，当一名肝癌及心梗患者被抬进来时，瘦弱的女医生冲上来抢救，给病人做心外按压，上上下下几十次，病人仍然没有脉搏。情急之下，另一位年轻的男医生上来了，冒着被传染的危险嘴对嘴就开始了人工呼吸，然而病人最后还是去了。

韩红由焦急到悲伤，她流着眼泪先后拉过来两位医生，与他们拥抱，向他们致敬，并向现场所有的人介绍医生是如何将自己的安危置之度外而奋力抢救病人，场景极为悲壮。

几年来，韩红凭着她的影响，号召带领无数明星、企业家数次深入地震贫困地区捐钱捐物，并身体力行参与救援和帮困。韩红个人先后将她唱歌挣来的几百万元献给了慈善事业，收养了近 300 个贫困子女。

更为惊险的一次，她的车子在风口被掀翻，打了两个转后栽进了路边的沟里，韩红与死神擦肩而过。既便如此，韩红还是义无反顾地投身在慈善事业中，为需要帮助的人送出温暖和希望。

对于韩红的行为，很多人表示不解。作为明星大腕，要钱有钱，要名有名，她完全可以过香车豪宅、锦衣玉食的生活，为什么对风餐露宿、慷慨解囊这么钟情呢？在一次访谈中，韩红是这样解释的："我从小由奶奶养大，奶奶是一个特别善良的人，赋予了我很多慈善情怀。那时我就对她承诺，将来一定会尽自己的努力去帮助别人。"

原来善是有源头的，不过是对亲人的一句承诺，韩红便不改初心、身体力行。在践行自己对奶奶承诺的同时，也让她成为受人尊敬和播撒正能量的使者。

范伟对张猛的承诺：我答应你的事肯定会兑现

2003 年，初出茅庐的青年导演张猛获得了一个好剧本，他想把剧本拍成电影，名字都想好了，叫《耳朵大有福》，而且他认为，剧中主人公的扮演者非范伟莫属。只是他那时资历尚浅，既没名气也没地位，范伟愿意冒这个险吗？不料，他试着跟范伟一接触，范伟也很感兴趣，两人当即一拍即合。然而，由于资金迟迟不能到位，张猛既焦急又无奈，开机时间就这样一推再推，一直推了 4 年。

这期间，范伟又与其他几位大导演合作拍了很多影视剧，名气越来越大。2007 年，张猛终于有了可靠的投资商，他试着邀请范伟再次出演，范伟还是像上次一样爽快，并且得知张猛这边资金不是很充足，便只是象征性地收了些片酬。2008 年，张猛的电影处女作《耳朵大有福》一经公映便大获成功，在上海国际电影节获得“亚洲新人奖”和“评委会特别大奖”。

在颁奖现场，张猛激动地说：“这部电影我最想感谢的人是范伟老师，他不但帮我实现了梦想，而且也助我实现了诺言。当年我结婚时，答应拍一部有份量的电影送给我太太，可是很长时间都没有完成；后来我又承诺在孩子出生时送一部电影给她们娘俩，也没有实现。现在我的孩子都半岁多了，这个诺言我终于实现了。”

而范伟却说：“谁都有处女作，谁都要经历第一次，如果都不相信新人，他们怎样迈出第一步呢？张猛有梦想，我希望能替他圆梦。再说，我当年答应他拍戏，就肯定要兑现，怎么能对自己说的话不负责任呢？”一番朴实的话，深深感动了在场每一个人。

诚实守信，承诺是金，这是人人都明白的准则和道理，但实践起来，却又没有几人能够真正做到。在人际交往中，如果我们能像这几位大腕一样说到做到，就会显出不一样的境界和风度，也会让自己成为一个受人称颂和尊敬的人。

载于《当代青年》

作为一个大人物，能够信守承诺，实在是难能可贵的品质。也正是因为有了这些品质，才成就了他们今天的位置。所以，你能到什么位置，完全取决于你自己！

萧敬腾咋从“恶魔”变“王子”

文/苗向东

兴趣是最好的老师。

——爱因斯坦

他是第24届金曲奖最佳国语男歌手，也是在小巨蛋开个唱的最年轻的歌手，2013年，他开始担任北京卫视《最美和声》的导师。

从星光一班踢馆成名，然后踏上歌唱道路，萧敬腾在娱乐圈的发展可谓顺风顺水。但谁又知道，青少年时期的他相当叛逆，俨然是同学中的“恶魔”，父母眼中的“逆子”。

出生在台北市的萧敬腾从小住在鱼龙混杂的万华区。这里居住的人大多经济困难，很多小孩从小抽烟喝酒偷窃，萧敬腾也交了一些不三不四的朋友。小学三年级他就偷着抽烟，还曾去文具店偷了两把玩具枪，塞在大外套里。那次被老板发现，大喊“站住”，他却只默默交出其中的一把。

他学习差，在学校里从来没有受到过老师的表扬。他就开始想歪门邪道来吸引人——耳朵上戴着大大的耳钉，染着五颜六色的头发。这样的结果不但没有引起别人的夸奖，相反让人更加侧目。萧敬腾迷失了，他开始逃课，成了小混混。

于是，同学一见他，一脸嫌恶地皱眉；老师见到他，只是摇摇头，希望他这样的小混混早点离开视线。越是这样，越是把他推到了对立面。他脑袋永远倾斜 45 度角，看谁不爽，就冲过去打人。

萧敬腾的“无恶不作”让父母伤透了心，父母经常因为萧敬腾的捣蛋被老师批评，被学校点名。但是又没有一点办法，只好经常到训导处向老师赔不是，代替儿子挨罚站。每当萧敬腾惹了事，父亲便一手拎茶叶，一手拎着水果去跟对方道歉。然而父母为萧敬腾做的一切，不仅没有让他悔改，反而使他变本加厉。他还一度从家里搬出来独自在外居住，只为了“有自己的空间做自己想做的事”。

当敬腾 15 岁时，父母无奈之下找来辅导员来教育他。辅导员试着将萧敬腾从不良场所拉开，与坏朋友隔开，还陪他说话，想办法进入他的生活。萧敬腾没事打撞球，他就陪他打。就在那时，一张邦乔飞的专辑让敬腾迷上了摇滚乐。他本来就很想学音乐，但家中环境不允许，后来妈妈才同意让他去学打鼓。就这样，青春期源源不绝的愤怒、挫折全部宣泄在隆隆的鼓声里。而每次他一打上鼓，心情就非常好。

辅导员看到敬腾爱打鼓，同时发现他只有这时才“像个人样”，于是对萧敬腾说：“你为什么不把打架的力气用到音乐上?”萧敬腾过去就是有劲没处使，辅导员这么一指点，他突然顿悟了，找到了人生的目标。他当即夸下海口：“我 21 岁要成为明星。”就这样，萧敬腾苦练打鼓，勤学音乐，终于在台湾选秀类节目《超级星光大道》一战成名，到现在成为了新一代“摇滚天王”。

载于《意林》

每一个孩子都有属于自己的未来，无论怎么叛逆，怎么疯狂，那都只是还没有遇见带自己飞翔的翅膀。对于萧敬腾来说，音乐就是这双翅膀！

斗米中见人品

文/刘艳梅

人不可有傲气，但不可无傲骨

——徐悲鸿

“淮阴第一状元”丁士美是嘉靖、隆庆、万历三朝重臣。史料称他“淹贯经史、正直忠厚、朝野共钦、坦荡无私”，敢在御前直言劝谏，开导事理。明神宗感其品高德正，赐书“责难陈善”。

在丁士美读书的年代，明朝规定凡廪生都可以领到官府月供六斗米。那些年龄较大和家境贫寒的廪生，经常偷偷把丁士美的米给分了，而丁士美依然和颜悦色。

后人余杰武断地感慨道：“一个不懂得保护自己权利的人，必不会保护他人的权利；一个以忍辱来获取全名的人，必不知人格尊严的可贵；一个对黑暗安之若素甚至与之共谋的人，必不会期望光明的到来。”

丁士美两任妻子在其中举前已去世，同为翰林官同事的浙江人赵祖鹏，有一女为权臣陆炳的继室，倚仗陆炳势力富贵一时。赵祖鹏还有一小女才貌双全待嫁，赵祖鹏欲将小女嫁给中年丧偶的丁士美状元，丁却拒绝了这门婚事。而蔡茂春仰慕赵家权势，竟入赘为婿，一时清议沸然，大家都鄙薄蔡而推崇丁。不久，陆炳去世，赵祖鹏被贬谪，家境立刻衰落，蔡茂春亦在官场屡遭不顺。

嘉靖三十八年，丁士美在金殿上当着皇上和文武百官的面滔滔不绝地讲他的治国良策："帝王之致治，是必君臣交儆，而后可以底德业之成；必人臣自靖，而后可以尽代理之责。"

并提出"去三浮、汰三盈、审三计"，"三浮"是指官浮于冗员、禄浮于冗食、用浮于冗费；"三盈"是指赏盈于太滥、俗盈于太侈、利盈于太趋；"三计"是指有不终岁之计为下也、有数岁之计为中也、有万世之计乃为上也。于是世宗龙颜大悦，连说"好"，亲自用朱笔在其文章下写了"君臣交儆，人臣自靖"。

与人为善，不为六斗米与人为仇，不为攀附权贵而丢失名节，不求一己之利而争，而为百姓社稷之利而直言，状元丁士美其为人处世当为楷模。

载于《做人与处事》

不计较得失，也不贪图富贵攀附权贵，无论何时都显示自己的本色，这便是我们今天需要学习的地方。

邓紫棋：我选择永不停息地努力

文/曾少令

奋斗是万物之父。

——陶行知

她，出生于一个音乐世家，在家人的熏陶下，耳濡目染，从小便对音乐情有独钟，并且表现出惊人的音乐天赋。

四岁开始学钢琴，五岁开始作曲和填词，十三岁获得钢琴八级证书。2008 年，正值十六岁花样年华的她，正式出道，取得了骄人的成绩，一举成为乐坛叱咤风云的人物。横扫香港各大音乐颁奖礼的新人奖项，人称“巨肺小天后”，她就是 90 后歌手——邓紫棋。

凭借自己的努力和实力，二十二岁就在香港红馆开满十场个人演唱会，能在这个年龄里取得如此大的成就，绝无仅有。

为梦想而坚持不懈

在四岁这个童真年代里，所有的孩子有的都是一颗童稚无邪的心，和她同龄的小朋友终日沉浸在各种有趣、好玩的活动上。而她，出于对钢琴的热爱，却乖乖地呆在钢琴前，跟老师学习弹钢琴。为了心中的音乐梦想，不曾埋怨，认真求学是她对童年里最美时光的有力回应。她欲用钢琴之音来抒发自己的情感，将它融入自己的生命。

在十二三岁时，她开始创作《我的秘密》这首歌，歌词写好后，因对版本的不满意便一直将它搁置起来。

待她终于走上歌手这条道路进行歌曲创作时，基于从小深受古典音乐的影响和对钢琴的无比钟爱，在原来创作的基础上，她将有些歌曲加入古典元素并改为钢琴版本，取得了意想不到的效果，形成自己独特的音乐风格。为了能使自己与改编的歌曲相融，她不惜花出大量时间去练习。在她眼里，只有钢琴与她一起在舞台上面表演，才是完整的自己。音乐不是最想做的事，却是她唯一想做的事，她为音乐梦想而痴狂。

压力是前进的动力

她不仅能把歌唱得让人拍手称绝，作词方面还是难得的天才。她自己唱的歌，基本上都是自己写词作曲的。每一首她写的歌，娓娓向我们道来的都是她内心的真实感受，抑或是她的亲身经历，充满灵性与感染力。譬如《泡沫》《睡公主》《偶尔》……

每天都有繁忙的工作把她围得水泄不通，为拍一部精彩绝伦的 MV 常常是从早上拍到晚上。拍完之后，还要去找监制人讨论新专辑的有关问题，时常工作到深夜，辛苦不在话下。第二天还得早起坐飞机到另一个城市去工作。

面对如此繁重的工作，她却还能干得乐不思蜀，甚至对于外界无中生有的舆论压力，她依然保持着一颗乐观的心态，学着金鱼的样子自娱自乐，宠辱不惊。

她说："没有压力，人就永远无法学会如何面对压力，所以，我还是会感激给我压力的人。因为我是正常人，所以我会有压力，可又因为我是很乐天的人，所以我的压力不会太大。

珍惜机会学习面对它，下次我就不怕它了！也要珍惜鼓励我的人，鼓励我的你们。”

有付出才会有所收获

“每天录音9个小时真的很累，可是听到那些越来越成形的歌，就觉得很值得。今天录的是我之前提及过的那首小王子跟小玫瑰的歌，作曲填词都是我自己，所以感触特别深，今天录的时候哭了……还记得那时候我提及这首歌时，你们都以为这是讲小王子跟小玫瑰如何幸福的歌，其实不是，这首歌，很沉重。”

听完她说的话，让人不得不惊讶于她对音乐的执著，不得不佩服她在音乐的方面造诣之深。音乐俨然成为她生命里不可或缺的组成部分，她用自己的音乐诠释着在音乐路上的风风雨雨。纵使世态炎凉、人言可畏，她相信，凡事只要用心，认真努力，尽自己最大的能力去完成，定是可以打动人，定会有所收获的。

她只是希望她的歌迷和听她歌的人，能够从中获得精神皈依与寻得心里安慰，为他们带去正能量。那些困难与挫折，不过是暂时的，人首先不能放弃自己。可能你付出一百分却只有十分的收成，但如果因此气馁了不再付出，那么你将会连十分的收成也没有。所以凭借自己的付出与努力，终能乘风破浪，到达梦想的彼岸。

永不停息地努力

2014年1月3日，她参加了湖南卫视《我是歌手》第二季这一竞演节目，与她对垒的是六位乐坛前辈，可谓是高手云集。

在三场竞演下来，她挑战不同的音乐风格，展现出无与伦比的音乐风姿。时而低吟出对爱的无奈与沉迷，时而用高音道破了生命的浮沉，传递着一股巨大的正能量，听得人如痴如醉，感动不已。这般瘦小的身躯却暗藏着如此大的能量，灿烂夺目，让人赞不绝口，也令几位前辈刮目相看，更是深受广大听众的喜爱。

在总决赛中，她摘下亚军的骄人成绩，这其中与她的实力和努力脱不了干系。她在努力排演的同时，还举办了自己的个人演唱会，丝毫不曾有一刻的松懈。她说：“有幸能跟六位那么厉害的前辈同台，一定要付出自己最大的努力全力以赴，才能表达对他们的尊重。拒绝怠惰，我选择永不停息地努力。”

这是一个年轻实力派歌手的成长历程，在流光溢彩的年华里，选择永不停息地努力——年轻不怕跌倒，痛过之后也要勇敢地站起来。经历、资历也许不够丰富，但并不代表能力与实力的欠缺。尽自己最大的努力用心去做每一件事，终究有那么一天，回头看看来时的路，会发现迷茫不过是泡沫，一触就破！

载于《年轻人魅力校园》

我们是该经常这样问问自己，你真的努力了吗？你确定已经努力不下去了吗？当你这么问自己的时候，你就知道怎么办了。

不妨暂时搁置梦想

文/念　珠

行到水穷处，坐看云起时。

——王维

要有最朴素的生活，和最遥远的梦想。

那一年，他到北京师范大学求学。他的梦想是当一名导演，但兜里只有父亲给他的2000元，连生活费都不够，更别说交下学期的学费了。怎么样才能够生存下来？自己首先得学会赚钱。

同宿舍有个同学是学摄影的，他就跟着他学拍照、洗照。之后，他自己写小广告，张贴在学校内外。没有照相机，他就借，他以这样的方式开始了在北京的生活。

有一天，他听说著名的吉他手刘义君在附近一个饭馆吃饭，恰巧有一个同学认识刘义君，他就跟着去蹭饭。饭局上，刘义君问他是做什么的。他说："拍照片的。"

能和著名吉他手同桌吃饭，他觉得这是一个机会。他主动"黏"住刘义君："不知我有没有机会帮您拍一套照片？"没想到，刘义君很爽快地答应了。他干脆趁热打铁，跑到饭馆旁边的小卖部买了个一次性照相机。

刘义君看了看他手上的相机，犹豫了一会儿，还是配合地站到饭馆门口，让他拍了一些照片。

当晚他洗完照片，发现质量太差了，他一边摇头一边自言自语：“设备差，环境差，光线也差，拍出来的照片能好吗？”

他不希望一个名吉他手的形象就那样被丑化，于是第二天坐车从北京到太原，找太原的一个朋友帮忙补救。两人挑出其中的六张照片，用了整整一夜给照片抠图、换背景，然后重新制作。第三天，他又坐车回到北京，托同学把照片转交给了刘义君。

当天下午，他就收到了刘义君发来的信息：“你能来找我一下吗？”他找到刘义君，刘义君说：“我正好要出专辑了，你能做我的专辑摄影师吗？”

他受宠若惊，爽快地答应了，这之后，他借来相机，为刘义君的专辑忙前跑后。专辑制作完成的时候，刘义君要酬谢他，他谢绝了。刘义君特别过意不去，就给摇滚圈的朋友挨个打电话，向他们推荐他。

就这样，他顺利地打入了流行音乐圈，一边上学，一边做职业摄影师。在流行音乐圈里，他和天堂乐队的主唱雷刚混得比较熟。雷刚有天突然问他：“你不是学节目制作专业吗？会拍 MV 吗？”他嘴上应承着“有什么不会呀”，心里却直打鼓。接下来，他又狠下一番苦功，恶补拍摄 MV 的手法。渐渐地，他的名气在流行音乐圈中传开了。

大二下半年的一天，他带了 20 万元现金回家，对父亲说：“爸，我以前借你的钱现在可以还给你了。”母亲吓坏了，问了半天才知道那 20 万元都是他正经赚来的。

临毕业，他问自己：难道就这么混下去吗？NO，他心里答。直到此时，他才迈出梦想的第一步，开始尝试写第一个剧本——《钻石》。《钻石》很快就被中国戏剧学院的老师看中，鼓励他排成毕业话剧。

多年之后，已经读完北京师范大学和北京电影学院的他又翻出《钻石》剧本，拍成了小成本喜剧电影——《疯狂的石头》。

《疯狂的石头》上映后广受业内外好评，并荣获多项导演大奖。之后，这个名叫宁浩的青年新锐导演一发不可收拾，接连拍摄出多部诙谐幽默的电影，受到媒体和观众的高度赞扬。

成功后的宁浩常被人问当初是怎么实现梦想的，宁浩说："我觉得我刚到北京时完全不敢想梦想，因为如何活下去成了更重要的事。于是我只能把梦想搁在一边，先说现实，先讲生存。但我一直没离梦想太远，我绕几个小弯儿解决了眼前的经济危机，又重新出发寻梦，直到实现梦想。人的一生，总会有梦想和现实发生冲突的时候。我的建议是，不妨暂时搁置梦想，先让自己活下去。"

载于《莫愁·智慧女性》

在追逐梦想的时候，往往会碰到现实的阻碍，比如吃饭问题、住宿问题。遇到这样的情况，我们不妨采取迂回战术，先填饱肚子，先找到安身立命的地方，然后再一步步接近梦想。因为生存才是第一位的。

一巴掌打到埃及去

文/宝　谷

平凡的人听从命运，只有强者才是自己的主宰。

——维尼

他出生在一个贫苦的家庭，在 18 个兄弟姐妹中排行第十二。从 8 岁开始，他就立志要当一个成功的作家。有一次，父亲问他：“十二，你长大后要干什么?”他回答说：“我长大后要当作家，写文章给别人看。”父亲问：“那作家具体做些什么呢?”

他说：“作家就是坐下来，写一些字寄出去，然后等着人家寄钱过来。”

父亲听完非常生气，当场甩给他一巴掌，说：“傻瓜，这个世界哪有那么好的事情？即使有，也不会轮到你!”

事实上，父亲生气是有道理的，因为他们居住的那个地方几百年来从没有出过什么作家。幸好，母亲了解他，支持他。

他也相信，只要自己努力，长大后一定会成为一个作家。

再长大些的时候，他又有了一个梦想。那是冬季的一天，他考试得了第一名，老师奖励给他一本世界地图。这一天，刚好轮到他给家里人烧热水洗澡。他蹲在大锅炉前面，一边烧水一边看地图。他最先打开的是埃及地图，上面关于尼罗河、亚斯文水坝、金字塔、人面狮身的介绍让他心驰神往。

正在他沉醉其中的时候，父亲裹着毛巾从浴室出来了。“你在干什么?”父亲气冲冲地问。“我在看埃及的地图。”他回答。这一次，父亲又毫不客气地甩了他一巴掌，说：“火都熄了，还看什么地图?”他说完，又一脚将儿子踢到火炉旁，“继续生火!”

父亲走到浴室门口，转身过来却见他又在翻看地图，于是狠狠地对他说：“我们家现在连买一张到隔壁村庄的车票的钱都没有，我用我的生命向你保证，你这一辈子绝对不可能去那么远的地方!”他听完，一边烧火，一边委屈地流眼泪。他在心里默默地对自己说：我的人生不可以被保证，即使是我的父亲也不行，长大以后，我一定要去埃及!

二十几岁的时候，他离开家乡出去闯荡。他在屠宰场杀过猪、在码头做过搬运工人。摆过地摊，还在餐厅推过餐车洗过碗盘。为了养活自己，以及养活自己写作和旅游的梦想，他什么事情都做，什么苦都吃。

通过几年的奋斗，他在 30 岁之前就同时实现了儿时的两个梦想——成了一个作家，还踏上了去埃及的旅途。他在埃及整整旅行了三个多月。来到金字塔面前时，他提笔给父亲写了一封信：“亲爱的爸爸，记得小时候你曾经打过我一巴掌，踢过我一脚，还保证说我这辈子绝对不可能去像埃及那么远的地方。但现在，我就坐在埃及的金字塔下面给你写信，看着夕阳，以及夕阳前面的骆驼。”

后来，他回家听母亲描述了父亲接到那封信时的情形——他一边看一边颤颤抖抖地说：“竟然被我一巴掌打到埃及去了，这一巴掌好有威力啊!”

他就是中国台湾作家林清玄。林清玄曾说过这样一段话：“你生活的环境并不能决定你的未来，你的人生经历也不能决定你的未来，只有你内心的向往才能决定你的未来。”当作家和去埃及，就是林清玄儿时内心的向往。当初，他正是撇开了父亲的保证，选择自己保证自己，才在最短的时间内实现了两个梦想。

载于《文学少年·中学》

谁的人生都不可以被保证，主动权在自己手上，用决心、恒心、信心托起梦想，总会实现的。

拼劲儿让她走向人生的辉煌

文/袁恒雷

机遇垂青那些懂得怎样追求她的人。

——尼科尔

一

一头乌黑长发，身材苗条匀称，瓜子脸上嵌着一双清澈明亮的大眼睛。1993 年 9 月 13 日，她出生于江西省鹰潭市。小时候，她的梦想是当一名特警，因为觉得她们很帅气！但因早早展露出了舞蹈天赋，她 6 岁就开始学起了舞蹈。

12 岁那年，她被家人送到外地的舞蹈院校当寄宿生——父母没有办法长期陪在她身边。她从小就是在艺校长大的，所以很独立，遇到什么事情都会自己去处理。数年异地求学的经历，塑造了她外柔内刚的性格。

2010 年，17 岁的她考上了北京舞蹈学院，于是她来到离家乡更远的北方生活。因为学的是民族舞表演教育专业，她以为自己会像大多数师姐一样，毕业后顺理成章地当一名舞蹈老师。但她的偶像是舞蹈家杨丽萍，杨丽萍为了编排一个完美的肢体动作，可以连续两天两夜不眠不休，而且对自己身材的控制也达到了极致。在榜样力量的影响下，她对自己的要求很严格，这个倔强的江西女孩觉得不管从事什么行业，要么不做，要么就尽全力去做好！因此，从进入大学的第一天起，她就成了女版“拼命三郎”。一天的课程结束后，当别的同学都三五成群地外出逛街了，她还在宿舍里压腿、劈叉、旋转……直到满身汗水，才舍得歇一会儿。

也正是这股子拼劲儿，使得她在众多同学中脱颖而出，成为了舞台上耀眼的佼佼者。在当年土耳其举办的“中国文化年”演出中，舞技精湛的她大获好评。

无论是在家乡还是学校，她都凭借清丽的容貌赢得身边人的赞赏，但这个“90 后”女孩总会轻描淡写地说，外貌是会变的，内心的强大才最重要。注重内外兼修的她不仅刻意培养自己的口才，以便将来成为舞蹈老师后能更好地授业解惑，平时还喜欢看周国平、于丹、星云大师的书，写作能力也很出色。

二

2013 年 3 月初，一个剧组的副导演到北京舞蹈学院来招演员，当时他并没有说导演是谁，要演什么电影。相貌出众的她和几十名同校师姐妹一起进入了初选名单，她们应要求录了一段视频资料，在里面介绍了各自的姓名、身高、专业等基本情况。由于之前连广告都没拍过，她根本没有把竞选演员太当回事，她觉得这一行离自己很遥远。

不料，几天后她就接到了面试通知！这次的面试官仍是那位副导演，他让她试了几小段不同的戏：跳民族舞，哭喊着奔跑，获得爱情的愉悦……一番生涩的表演结束后，副导演面无表情地说：“你舞跳得不错，但表演太不专业，等通知吧。”

又过了一段时间，她第二次接到了剧组的面试电话，当穿过北京某酒店走廊松软华贵的地毯，按约定敲开一个工作室的房门时，映入眼帘的情景令她吃了一惊：面前赫然出现的是只在电视上见过的大导演张艺谋，此时张导正一脸严肃地坐在沙发上翻杂志。房间的墙壁上贴满了《活着》《红高粱》《大红灯笼高高挂》等著名影片的海报——原来这是张艺谋的工作室啊！由于并不追星，她坦言她之前对成为演员始终缺着一根弦儿，对明星大腕也不太“感冒”。但首次看到张艺谋本人的那一刻，她还是蒙了，出了一手的汗，像做梦一样。“导演大概看出我有点恍惚和迟钝，主动过来和我握手。”

初次见面，她就让张艺谋眼前豁然一亮：雪白的皮肤，齐肩的长发，一件淡粉色的衬衣透出温婉的书卷气。聊了几句之后，她变得舒展而热情，一笑两只弯弯眉眼甜美好看。

接下来，她用一串很简短的话，就把自己的成长经历交代得清清楚楚，绝不拖泥带水。张艺谋露出了笑容，开心地说：“行啊小丫头，口才了得。”此时，他已经从她清澈的眼神和言语间流露出的那股小小的倔强劲儿中，找到了他苦寻半年的“丹丹”的影子，这是张艺谋正筹拍的一部新片的女主角！

三

在这部“神秘电影”正式开拍前，剧组对她做了长达几个月的特训，学民间舞出身的她要从头学习芭蕾，“导演的要求是，必须让专业的芭蕾舞演员都觉得你专业，还要看起来像上世纪六七十年代的感觉。”为了找到这种感觉，她找了很多样板戏来看，练习那种“有点愣又可以杀人”的眼神，每晚听着《红色娘子军》入睡，到后来她一听到里面的音乐就会条件反射似的亢奋，忍不住想舞动起来！

即便是专门的芭蕾舞演员，要想用脚尖跳芭蕾舞，至少要几年的底子，但令中央芭蕾舞团的老师吃惊的是，她只在她的指导下练习了两个多月，就能有模有样地跳《天鹅湖》了！老师不禁向她竖起大拇指说：“你真是一个舞蹈奇才，这水平完全可以进中芭了！”

2013 年 9 月，她被确定出演张艺谋电影《归来》中的丹丹一角。直到这时，她的老师和同学们才惊呼，原来继刘诗诗之后，北京舞蹈学院又将诞生一位女明星，并且是新晋“谋女郎”！这意味着什么？相信没有人不知道其中的含义。巩俐、章子怡、董洁、周冬雨、倪妮……张艺谋电影的历任女主角，都有一个美好的“星途”！但因为培训期间导演要求她保密，除了专程赶到北京照顾她的父亲，此前谁都不知道她已经被《归来》剧组看上了。

《归来》是张艺谋拍摄的爱情文艺电影，改编自严歌苓小说《陆犯焉识》的尾点。讲述的是 60 年代知识分子陆焉识与妻子冯婉瑜，在大时代背景下的情感变迁故事。当得知该片由陈道明、巩俐领衔主演时，她惊得合不拢嘴，继而忐忑不安起来：从未演过戏的自己，能在片中扮演好这两位影视大腕的女儿吗？

“因为我没有表演经验，所以我演戏都是全身心地投入，把自己都丢进去了。觉得自己就是丹丹，一哭就收不住。我在戏中一直哭，一直哭，那种情绪太伤我了，我太难受了。”但不管如何，她最终熬过来了，并在拍戏过程中，得到了陈道明和巩俐等人的热心指点，演技突飞猛进。

四

2014 年 1 月，《归来》杀青。4 月试映时，这部片子感动了多位名家，作家莫言看得泪眼模糊，好莱坞大导演斯皮尔伯格看片时更是哭了 1 个小时，并连连赞叹拍得很棒，演员们的表现也特别真实感人！随后，《归来》预告片登陆纽约时代广场，引发了全球关注。

电影中的她很固执，而生活中的她却很乖。曾有消息说她家境不俗，更有网络传言说她是“富二代”。女孩说，其实她出生在一个普通的公务员家庭，家境并不优越，而且父母自幼对她管教甚严。直到看了女儿出演的《归来》，一向吝于夸赞孩子的妈妈才含着眼泪对她说：“慧雯你很棒！”

是的，她叫张慧雯。不可否认她的先天靓丽，但很明显，正是由于她一次次要强的拼劲儿，才让她能够抓住机会，进而走向人生的辉煌。

载于《年轻人魅力校园》

年轻就需要一股拼劲儿，认真对人，认真对事，不知不觉中机会也会认真地对待你。